ベリーズ文庫

君は僕なしでは生きられない

～エリート御曹司は薄幸令嬢を逃がさない～

あさぎ千夜春

JN031254

STARTS
スターツ出版株式会社

目次

君は僕なしでは生きられない
～エリート御曹司は薄幸令嬢を逃がさない～

「いわくつきの僕と結婚してくれると助かるよ」

荘厳な讃美歌の歌声とともに教会の扉が開く。

二年の歳月をかけ、イタリアの職人が手縫いしたという美しいウエディングドレスは、ステンドグラスから降り注ぐ七色の光を受けて、淡く虹色に輝いていた。

(お姉ちゃん、お姫さまみたいだなぁ……)

中学のセーラー服に身を包んだ西條《さいじょう》夏帆《かほ》は、花嫁姿の姉を眩《まぶ》しい思いで見つめる。

今日、姉の春海《はるみ》は婚約者と結婚する。

おっとりのんびりした妹の夏帆と、アクティブでハキハキした姉の春海は、顔も性格も正反対の姉妹だった。

春海は運動が得意で趣味も多彩。アウトドアが大好きで、友人も多くひっきりなしに連絡が来る。一方夏帆は運動よりも勉強が好きで、趣味は基本ひとりでできるものばかり。読書、刺繍《ししゅう》、編み物など、春海から『あんたおばあちゃんなの?』と笑われることも多々あった。

年齢が十歳も離れているせいか大きな喧嘩《けんか》をしたことはない。だが逆にものすごく仲良しかと問われたらそうでもない、というような微妙な距離感だ。

とはいえ、生まれた時からずっと一緒にいた家から姉がいなくなると思うと、やはり寂しい気持ちになる。

春海はエスカレーター式の女子大を卒業後、父の会社で二年ほど働いてこの春退職した。十年前から決まっていた婚約者と結婚するためだ。

世間ではいわゆる政略結婚と呼ばれるものだが、まったく悪い話ではない。

姉の夫になる槇白臣《まきあきおみ》は姉の三つ年上の二十八歳で、日本を代表する靴・バッグメーカー『canoro《カノーロ》』の御曹司であり、しかもとびっきりの美男子なのである。

中学三年生の、初恋すら経験したことがない夏帆からしたら『私も白臣さんと結婚したかったなぁ』と思うくらい、羨《うらや》ましい政略結婚だ。

（白臣さんはその辺の芸能人よりかっこいいもの）

クラスの女の子たちが夢中になっているアイドルや俳優なんか、正直白臣に比べたらちんちくりんだとしか思えない。

夏帆はゆったりヴァージンロードを歩く姉から、その先で新婦を待つ新郎へと視線を向ける。

（あぁ、本当に素敵だな……）

白のタキシードに身を包み、花嫁を待つ白臣はまさに理想の王子さまだった。

生まれて一度も染めたことがないまっすぐな黒髪に、きりりとした眉の下で目じりがすうっと伸びた切れ長の目。通った鼻筋に意志の強そうな唇をしていて、さわやかでありながら精悍《せいかん》、なおかつ上品で清潔感がある。

長身のせいもあって黙っていると威圧感があるが、彼自身は穏やかな性格の持ち主で、怒ったところを見たことがない。完璧な紳士だ。

(久しぶりに会えたのに、白臣さんはイタリアに戻っちゃうんだよね。残念だな)

カノーロの直系に生まれた男子は、イタリアで数年修業をすることが義務付けられている。彼も大学卒業後イタリアに行った。結婚式のために数日前から帰国しているが、入籍後は春海を連れてまたイタリアに戻るらしい。

(お姉ちゃん、海外で暮らすの渋ってたけど……私なら喜んで一緒に行くのに)

確かに言語や価値観等々、未知の環境に飛び込むことを不安に感じることもあるだろう。だが白臣が夫としてそばにいてくれれば、怖いことなどなにもない。

ちょっとわがままな姉だが、それをすべて受け入れる寛容な白臣という組み合わせなら、なんだかんだいってうまくいくはずだ。

(そのうち、甥《おい》っ子とか、姪《めい》っ子とか、できるかもしれないし)

白臣はとびっきりの美男子だし、姉も美人だ。きっと死ぬほどかわいい子が生まれるに決まっている。男の子でも女の子でもどっちでも嬉《うれ》しい。そうしたらめちゃくちゃかわいがってあげよう。

——なんて、子供っぽい妄想に浸っていた次の瞬間。

「春海！」

讃美歌をかき消す大声が響き、教会が水を打ったように静まり返る。

「え？」

場違いな呼びかけに驚いて教会の入り口を振り返ると、男が立っていた。逆光に照らされてよく顔が見えないが、ライダースーツに身を包んだクマみたいな大男だ。

「タカ！」

ウエディングドレス姿の春海が、入り口を振り返り叫び返す。

姉は、夏帆が見たことがないようなキラキラした笑みを浮かべていた。

（タカって、誰⁉　お姉ちゃん……どうしたの？）

もともと姉は大変な美人だが、その顔はあまりにも美しくて——結婚式に謎の男が乱入するという非常事態にもかかわらず、見とれてしまっていた。

「一緒に来い！」

タカ――と呼ばれたいかつい男が手を差し出す。

「うん、行く！」

春海はそう力強く返事をすると、白臣をその場に残し、くるりと踵《きびす》を返し入り口に向かって走り出していた。

「お父さん、お母さん、槇家のみなさん、ごめんなさい！　私、もう自分に嘘《うそ》をつくのはやめるっ！」

ウエディングドレスをひらめかせながら、春海はそう高らかに宣言したのだ。

「は、春海！」

「なにを考えているの！」

父と母が悲鳴をあげて、式場のスタッフとともにふたりを追いかける。

「お、お姉ちゃんっ……！」

夏帆も叫んだが、彼女は振り返ったりしなかった。

本当に、なにもかもが一瞬の出来事で。姉は謎の男の運転するバイクに乗って教会を去り、母は卒倒、父はてんやわんやで結婚式はめちゃくちゃになった。

皆驚いていたし、動揺していたし、混乱していた。

夏帆もただ茫然《ぼうぜん》と突っ立っていただけだった。

あの場で冷静な人間など誰もいなかったのではないだろうか。

ただひとり――白臣以外を除いて。

確かに自分の手を取る直前で、違う男の手を取った姉に驚いたように目をまん丸に見開いていたけれど、彼は結局、走り去る春海の背中をどこか眩しそうに見つめるだけ。

追いかけることもせず、騒ぐこともなかった。

ただいつまでも、凛《りん》と背筋を伸ばしたまま、立ち尽くしていたのだった。

そして――衝撃的な結婚式から七年の月日が経《た》った。

少しだけ開けたアパートの窓からは、そよそよと涼しい風が吹き込んでいる。

広くはないが清潔に整えられた部屋の真ん中で、夏帆は頬にかかる長い黒髪を時折耳にかけながら、ハガキにペンを走らせていた。

「なんとか税理士事務所に内定もいただくことができ、大学ももうすぐ卒業です……。両親にもつい先日会いに行きました。やはり電話よりも顔を見せると喜んでくれます……就職が決まったことも喜んでくれました……これもすべておじさまのおかげです……」

一通り書きたいことを残した後、ちゃぶ台に頬杖《ほおづえ》をついてアパートの窓の外に視線を送る。

季節は十月。怒涛《どとう》の就職活動を終えた夏帆は、その報告を兼ねて〝おじさま〟にハガキをしたためていた。

〝おじさま〟というのは夏帆が高校生の頃からお世話になっている篤志家《とくしか》で、夏帆は彼の立ち上げた奨学金制度のおかげで一人暮らしをし、大学を卒業できる。直接会ったことはないが、基金のＨＰには、『学ぶ機会が欲しい子供たちの力になりたいと思っています』という文章と一緒に、美しい庭で撮ったらしいスナップ写真が掲載されていた。顔はよくわからないが、よく手入れをされた庭から、本人の品のよさが伝わってくる。

彼はおそらく自分の両親と同世代で、奨学金にかかわらず広く社会貢献をしており、奨学金制度もその一環らしい。

夏帆は恩人である彼に、季節ごとにハガキや手紙を送っており、そして彼から年に一度届く海外製のクリスマスカードを、ひそかな楽しみにしていた。

（おじさまがいなければ、私は大学に通えなかったわ）

そう――七年前、槇白臣との結婚式から逃げ出した姉の春海は、その後二度と戻ってこなかった。

結婚式はその場で中止になり、後日西條家と槇家の間で、弁護士を挟んでの話し合いが始まった。

父が調べたところによると、春海と逃げた男は勤務先の出入りの業者だったらしい。春海は婚約者がありながらその男と恋に落ち、結婚式当日に手に手を取って逃げたのだ。相手の男は一週間前に仕事を辞めていたらしいので、覚悟の上だったのかもしれない。

お嬢さま育ちの春海のことなので、すぐに戻ってくるだろうと思っていたが、そうはならなかった。数か月後にアメリカから【迷惑かけてごめん。元気にやっています】というエアメールが一枚届いただけで、その後はまったく連絡がない。

姉は逃げて、家族は残された。

入籍していなかったのが不幸中の幸いだったが、慰謝料を支払ったところで一度落ちた西條家の信用はもとには戻らなかった。

それも当然だろう。西條家はもともと公家《くげ》の出身で、多少の土地と旧家であるという名誉だけで、なんとか現代まで食いつないでいた家なのである。姉の結婚式逃亡から、西條家は上流社会からつまはじきの憂《う》き目にあった。

それまで親しくしてくれた人たちは西條家から距離を取り、比例して父の会社はゆるやかに傾き、夏帆が高校三年の冬に事業は畳まれることになった。

槇家が西條家になにかをしたわけではない。むしろ白臣にいたっては、姿を消してしまった春海の行方はもちろん、残された家族のことをずっと心配してくれていたらしい。

『春海さんの気持ちを無視して、婚約を決めた我々に問題があった』

『夫婦になるのに彼女の不安に気づけなかった』

『彼女をあそこまで追い詰めたのは槇家ではないか』

白臣は西條家を批判する親族や知人たちに、そう弁明してくれたんだとか。

彼の気遣いには感謝しかないが、それで姉のしでかしたことが帳消しになるわけではない。両親は『西條家のことは忘れてください』と頭を下げて離れることを選んだのだった。

（お姉ちゃんはバカよ……）

槇白臣を振って、わけのわからない男と駆け落ちするなんて。

白臣のなにが悪かったというのだ。彼になにが足りなかったというのだ。わけがわからない。

だが父の事業が傾いて大学進学どころではなくなった夏帆は、気が付けば、連絡ひとつよこさない姉のことを考えるのをやめていた。

実際それどころではなかったのだ。

成績優秀者に選ばれることで高校までは両親に負担をかけず進学できたが、遠縁を頼って田舎で暮らすという両親に、大学に行きたいとは言えなかった。どうしようと悩んでいたところで、教師から〝給付型の奨学金〟の話を聞いた。

学費はもちろんのこと、生活費まで補助が出ると聞いて飛びついた。審査はとても厳しかったが夏帆は見事に合格し、奨学金を得ることができた。

その後、国立大学の商学部を受験し合格した夏帆は、アルバイトをしながらひとり暮らしを選び、友人たちのように恋愛をすることもなく、税理士試験をコツコツと一科目ずつ受験し、第一希望だった都内の大手税理士法人に就職を決めた。

あとは働きながら残りの科目に合格し、実務経験を重ねて税理士の資格を取る予定だ。そしていずれは基金に寄付をしようと考えている。夏帆なりの恩返しのつもりだった。

「とはいえ、お母さんの病気のこととか、お父さんの職場がなくなることなんて書けないけど……」

夏帆はペンを置いてハガキを手に取ると、大きくため息をつく。

二週間ほど前に父親からかかってきた電話は、母が抱えている内臓の疾患に対して手術が必要になったこと、そして父が遠縁のツテで働いていた小さな工務店が事業不振のために畳まれるという内容だった。

新しく仕事を探すから心配しなくていいと言っていたが、いい年だし、なにより入院する母のこともある。

「やっぱり、向こうで就職するべきだったかなぁ……」

今さらだがそんなことを思ってしまう。

書き終えたハガキを出すため、バッグにしまってアパートを出る。

アパートの階段をたんたん、とリズムに合わせながら下りたところで、冷たい風が頬や首の後ろを通り抜けていった。

「さむっ……」

長袖のベージュのプルオーバーに紺色のロングスカートを合わせていた夏帆は、バッグから薄手のストールを取り出して肩に羽織る。

いきなり三十度まで上がったと思ったら、二十度まで下がる日もある。夏が終わり、急激に気温が下がったこの時期は、毎年なにを着ていいかわからなくなる。

「そろそろ衣替えしないと……」

ひとり暮らしが長くなれば上手に衣替えもできるようになるのだろうか。当たり前の季節を繰り返しながら、大人になっていくのかもしれない。

そんなことを考えつつアパートの裏道を歩き始めたところで、隣をゆっくりと徐行する車に気が付いた。左ハンドルのスマートなスポーツカーだ。

道が狭いので、邪魔にならないよう立ち止まる。するとなぜか車も足並みを揃《そろ》えるように停車してしまった。

「？」

おかしいなと思ったところで、運転席の窓がスーッと下りてゆく。そして中から目の覚めるような美貌《びぼう》の、スーツの男が顔を覗《のぞ》かせた。

「久しぶりだね、チビちゃん」

「っ……！」

甘く低い声でかつての愛称を呼ばれ、心臓が止まるかと思った。

いや、実際ほんの数秒間は止まっていたのではないだろうか。

我が目を疑いながら口を開く。

「あっ、白臣さん……？」

絞り出した声はかすかに震えていた。

そう——運転席から少し身を乗り出すようにしてこちらを見上げていたのは、姉の元婚約者だった槇白臣、その人だったのである。

たとえ何年経とうが、この人を忘れたり見間違えたりするはずがない。

七年経った今、彼は三十五歳になっているわけだが、その美貌はむしろ昔よりも迫力が増し磨きがかかっていた。清潔感はそのまま、男としての色気が増している。

「とりあえず乗ってくれる？」

返事をする前に、するすると車窓が上がってしまった。

「えっ。あっ」

どうしよう。

だが悩んだのは一瞬だった。普段はのんびりおっとり、石橋を叩《たた》いても渡らないと言われがちな夏帆だが、気が付けば助手席側に移動し乗り込んでいた。

(白臣さんが、目の前にいる……！　存在している！)

なんだか夢を見ているみたいだ。

半ばぼうっとした状態で、夢見心地にシートベルトを締めていると、

「チビちゃんが、僕のことを覚えていてくれてよかった」

白臣がハンドルにもたれながら涼しげな目を少しだけ細める。

「えっ⁉」

こちらを見つめる切れ長の眼差し。ハンドルを握る大きな手、清潔に整えられた指先。シャープな頬のラインは昔と変わっていない。

耳の後ろでごうごうと血が流れる音がして、心臓がドキドキと鼓動を打つのが止まらない。

『チビちゃん』

かつて白臣は夏帆のことをそう呼んでいた。

彼と知り合った時は、夏帆は四歳だった。それから十年以上、夏帆は白臣から〝チビちゃん〟と呼ばれていたのだ。

だから間違いではないのだけれど――。

(私、全然大人として見てもらえてないんだなぁ……)

今年二十二歳になった夏帆は、ちょっとだけしょんぼりしてしまう。

「忘れるわけないです……白臣さんのこと」

夏帆はゆるゆると首を振ったが、次の瞬間、自分の言葉の意味を考えてハッとした。

白臣からしたら自分は結婚式を逃げ出した女の妹で、忘れたい存在のはずだ。忘れるわけないという言葉は、とりようによっては不愉快な思いをさせてしまうのではないだろうか。

「あっ、今のは、そのっ……」

白臣に申し訳なく、顔から火が吹き出そうだ。

しどろもどろになりながら言葉を脳内で選んでいると、大きな手が夏帆の膝に置かれた手に重なる。

「大丈夫だよ」

「っ……」

彼の手はひんやりと冷たかった。そして自分がかなり動揺していて、スカートをぎゅうぎゅうとつかんでいることに気が付く。

「すみません……」

どうやら神経が過敏になっているらしい。大きく息を吐いて深呼吸をしたところで、白臣の手が離れた。

（あ……）

その瞬間、ちょっと寂しいと感じてしまった自分の心が恥ずかしい。白臣の振る舞いはただの親切でしかないというのに。

「ところで、どこかに行くところだった?」

「ポストにハガキを出して、それからスーパーに……」

しどろもどろに答えると、

「わかった。じゃあとりあえずポストに行こうか」

白臣は改めて前を向き、車を進めたのだった。


ポストに寄りハガキを出した後、白臣がスーパーに行こうとしたのを必死に断り、商業ビルに入っているコーヒーショップに寄ることにした。

「買い物くらい付き合うのに」

「い、いいえ、白臣さんも忙しいでしょうから」

そこまで付き合わせるわけにはいかないと思ったので断ったのだが、白臣は少し不満そうだった。

だが夏帆は白臣に、特売品の白菜や豚コマを買うところを見られたくなかった。彼はまったく気にしないだろうが、それはそれ、複雑な乙女心だ。

飲み物の代金は白臣が当然のように払ってくれた。申し訳ないなと思いつつも、テーブル席が空いていなかったので、店の外に面したカウンター席に並んで腰を下ろす。

白臣はホットコーヒーのカップに口をつけながら、頬杖をついて隣の夏帆をじっと見つめてきた。

「チビちゃんは元気だった？」

「げっ……元気です。小さい時から風邪ひとつ引かない体質だったけど、変わらずですっ」

白臣の瞳は大人の男なのにとても澄《す》んでいる。

黒目が大きいせいか、どこか思いつめたような雰囲気もあり、色気があるのだ。

「そう」

夏帆の返答を聞いて、白臣はクスッと笑う。

「白臣さんは今は日本にいるんですか？」

「ああ。五年前に帰国して今は本社にいるよ」

予定通り、三十歳で帰国してきたようだ。

「そうなんですね……」

姉が結婚式から逃げてから、西條家は上流社会からつまはじきにされてしまったので、その辺の事情はまったく知らなかった。

（結婚してるのかな……）

うなずきつつも、ふと気になって彼の左手をちらりと見る。そこには七年前に用意した指輪と似たようなものは、嵌《は》められていなかった。

だが彼は現在三十五歳で、カノーロの長男で御曹司だ。それなりの地位にいるだろう。結婚していないはずがない。

そんなことを考えていると、唐突に白臣が口を開く。

「独身だよ」

「えっ！」

思わず大声が出てしまった。もしかして無意識に口に出していたのだろうか。我ながらヤバすぎる。

慌てて唇を指の先で押さえると、

「君は昔からわかりやすかったから」

と、白臣が目を細めて微笑《ほほえ》む。

「も、もうっ……」

あからさまに見たつもりはないのだが、もしかしたら視線の動きでそう思われたのかもしれない。

白臣の勘のよさや、周囲をよく見る観察眼は昔からだ。

活発な姉の後ろでモジモジしていた夏帆を積極的に誘って、遊んでくれていた。今思えば男子高校生が幼稚園児と遊んでくれるなんて、どれだけ人がいいのかと思ってしまうが。

白臣がカノーロに就職し、イタリアに行ってしまってからはそういった機会は減っていたが、今でも大事な思い出だ。

「そうはいっても私、大人になりましたから。昔とは違うと思いますよ」

つん、と顎先を持ち上げていい女風を装ってみたのだが、中身が伴っていないのはわかっている。再会早々、チビちゃんと呼ばれたことで、ちょっとむきになってしまったのかもしれない。

「なるほど」

白臣はまた少しいたずらっぽい眼差しになり、からかうように首をかしげる。

ちょっとした仕草がまた妙に色気があって、心臓が止まりそうになったが、

「でも、ココアが唇についてる」

彼は紙ナプキンを手に取ると、優雅な手つきで夏帆の口元をぬぐった。

ほんの少しだが白臣の指先が頬に触れる。

大人が幼児にするような仕草だが、夏帆にはあまりにも刺激が強すぎた。

「っ……ちょ、ちょっ……」

口元を拭かれて、ぼぼぼぼぼと全身が火がつけられたように熱くなる。椅子に座っているくせに後ずさろうとして、バランスを失いぐらりと体が背後に傾いた。

「きゃっ……」

体が宙に浮いた感覚に体を強張《こわば》らせると、「危ないっ」と白臣が慌てたように腰を浮かせ、夏帆の背中を抱いて引き寄せる。

体が密着して、鼻先にふわりといい香りがした。

重めのスイートな香りに混じる、アルコールとリッチなスパイスの匂い。大人の男である槙白臣にぴったりなアダルトな香水だった。

息を吸うのも罪な気がして、心臓が胸の中でバクバクと跳ね回り、息が止まりそうになる。

（無理、死ぬっ！）

「だっ……大丈夫です……動揺してすみませんっ……！」

夏帆は、しどろもどろになりながらなんとか体勢を整えつつ、椅子にもたれ白臣から目線を逸《そ》らす。

（大人ぶったのに、全然大人の女性の振る舞いができない……はぁ、恥ずかしい）

内心しょんぼりしていると、白臣も椅子に改めて腰を下ろし、夏帆に顔を近づけた。

「ごめんね。僕が気安い態度をとったから」

改めて白臣が謝罪の言葉を口にする。

「い、いいえ、全然……本当に白臣さんは気にしないでクダサイ……ちっちゃい頃は、そうやってもらってましたよねっ……。私、いつまでもその、子供みたいで恥ずかしいな～……せっかく、偶然とはいえ白臣さんに会えたのに……はは……アハハ……？」

普段はそれほど言葉数が多くないのに、緊張しすぎるとしゃべりすぎる自分の悪い癖《くせ》が出ている。女子校育ちとはいえ、我ながら経験がなさすぎて身の置き所がない。

久しぶりに会った白臣に、七年経って素敵な女性になったと思ってもらいたいのに、中身が追いついていない。そんな自分がいたたまれなかった。

（ああ～……もう、全部なかったことにしたい……！）

走って逃げるわけにもいかずうつむいてモジモジしながら、何度も謝罪の言葉を口にする。

「ごめ――」

「『ごめんなさい』」

白臣が、夏帆の謝罪の言葉にかぶせるように声を重ねる。

その瞬間、彼の黒い瞳がどこか懐かしそうに輝いた。

「あっ」

彼のその目を見た瞬間、夏帆の脳裏にとある言葉がひらめく。

のんびり屋の夏帆にしては珍しく、駆け足でそれを口にしていた。

「ハッピーアイスクリーム！」

「ハッピーアイスクリーム」

白臣も少し遅れて同じ言葉をつぶやく。

「わぁ、懐かしいですっ！」

夏帆がパーッと笑顔になると、白臣もニッコリと微笑む。

「僕も久しぶりに言ったな。チビちゃんに教えてもらったんだ」

そう、ハッピーアイスクリームというのは、同時に同じ言葉を口にした時に、先に『ハッピーアイスクリーム』と言ったほうがアイスクリームをおごってもらえるというゲームだ。

夏帆は小学校に上がる頃に母親から教えてもらい、その後、家庭内で大流行《おおはや》りしていたゲームを白臣にも教えていた。

（うちでは、負けた人が冷凍庫に入っている大きなアイスクリームの箱から、家族の分をガラスの器に分ける係をやるってことになってたけど……白臣さんはいつもわざと負けてくれてたっけ。そしてとっておきのアイスを食べさせてくれた）

そんなことを懐かしく、ほんわかと考えていると、白臣はすっと立ち上がって新しいトレーを持って戻ってきた。

「あ」

トレーの上にはコーヒーフロートがのっている。

「アイスクリーム単品では売ってなかったから」

白臣はそう言って、コーヒーの上に浮かんでいるバニラアイスを柄の長いスプーンでそうっとすくうと、夏帆の口元に運んだ。

「はい、あーん」

「え、あっ⁉」

戸惑う夏帆を見て、白臣が不思議そうに首をかしげる。

「昔はよくやってただろ？」

確かに昔、うんと小さい頃はそうやって食べさせてもらったような記憶もないことはないのだが——。

（私一応、二十二歳の大人の女性のつもりなんですけど、えっ、白臣さん的には全然そういうの問題ないのっ⁉）

他人から見たらものすごくバカップルなのではないかとソワソワしてしまったが、こちらを見つめる白臣は落ち着いている。この状況をなんとも思っていないのがひしひしと伝わってきた。

（そ、そっか……！　逆にここで私がおろおろしてるほうがよっぽど子供っぽいのかも）

外に面したカウンター席など、誰も見ていない。騒ぐほうが注目を浴びるだろう。

（そうよね、女の子同士なら普通にこのくらいやるし……たぶん）

白臣からしたら自分は永遠にチビちゃんなのだ。大人扱いされていないと思い知らされて、胸の奥がちくっと痛くなったが――痛みの理由からは目を逸らし、ひっかかりはのみ込んだ。

「あ、あーん……っ」

夏帆は己に気合を入れながらぱか、と口を開ける。全身が強張っているのがわかったがこればかりはどうしようもない。

「ん、いい子」

　白臣は昔のようにくすっと笑って、スプーンを夏帆の口の中に入れる。舌の上に冷たいスプーンの感触と、甘いバニラ、ほのかに苦みのあるコーヒーの味が混ざり合って、なんとも美味《びみ》だった。

「えっと……おいしいです……」

「よかった」

　頬のあたりが熱くてたまらないせいか、アイスの冷たさがちょうどいい。

　それから白臣は、せっせとスプーンでアイスをすくい夏帆の口元に運ぶ。

「はい、どうぞ」

「………」

　最初の一回で終わりではないらしい。

　もういいです、と言いかけたが、白臣が上品に微笑んでいるのを見たら、嫌とは言えなくなった。

（餌付《えづ》けされている気分……）

　何度かもぐもぐしながら彼の手元をなにげなく見ると、気が付けばアイスは残りひと口にまで減っている。

「あっ。せっかくだから白臣さんも――」

「ん？　あぁ、そうだね。じゃあ食べさせてくれる？」

白臣は持っていたスプーンをすっと夏帆のほうに向ける。

あまりにも自然だからうなずいてしまった。

「は、はいっ」

慌ててアイスをすくい、彼の口元へと運んだところでハッとした。

（いやこれ、どうなの……）

そもそもこのスプーンは自分がさっき口をつけたものだ。どう考えてもよくないことのような気がする。

「あっ、あの、新しい――」

新しいスプーンをもらってくると口を開きかけた次の瞬間、白臣がぱくりとスプーンをくわえる。

「あっ……」

肩を強張らせる夏帆だったが、白臣はそのままバニラアイスを口の中に含んで、すっと身を引いた。

「甘いね」

白臣が色気たっぷりに微笑む。

その笑みを至近距離でたっぷり浴びてしまった夏帆は、『きゃー!』と叫びたい気持ちをのみ込み、唇を引き結んだ。

子供の頃からかっこいいし素敵な人だと思っていたが、年齢的に大人になった今ならわかる。

槇白臣という男は特別だ。

たとえば芸能界なら、顔やスタイルのいい男性はごまんといるが、さらに頭がよくて上品で、茶目っ気があって、少年の頃から小さな子に優しいスマートな男などどれだけいるだろう。

(いない……現実にはほぼいないって言っていいわ)

現実にいないような男がいるのだから、槇白臣という男は本当に特別なのだ。

「うちの近所で白臣さんにばったり会うなんて、思ってもみなかったです」

もしかしたら夢ではないだろうか。そんな思いに駆られながらぽつりとつぶやくと、白臣が軽く息を吐いて、それからそうっと口を開いた。

「偶然じゃない。僕は君に会いに来たんだ」

「——え?」

息をひそめるように穏やかな口調で、彼は言葉を続ける。

「とはいえこのまま会っていいものか、アパートの近くで迷っていたんだけどね。ギリギリまで悩んでいたら君が姿を現したから……もう、これは運命だなって自分に言い聞かせて声をかけたんだ。不審者として通報されなくてよかったけど」

冗談めかして白臣が笑う。

確かに都会のど真ん中でもないアパートのそばでばったり出会うなんて、どれだけの確率かと思ったが、会いに来たと言われると言葉を失ってしまう。

「う、運命って」

白臣の甘い言葉に胸がきゅうっと締め付けられる。

ついさっき、コーヒーフロートの間接キスで心臓が壊れるかと思うくらいドキドキしたというのに、またトキメキが怒涛のように押し寄せて胸が苦しい。自分が感じているような意味などない、わかっているが白臣が素敵なので妄想が止まらない。

(おおおおお、落ち着かなきゃ……！)

とはいえ、彼にとって自分は元婚約者の妹で、しかも七年間まったく連絡を取っていなかった程度の間柄だ。今さら会って話すようなことなどあるだろうか？

不思議に思い顔を上げると、真正面からこちらをまっすぐに見つめている白臣と目が合う。

「白臣さん……？」

チェーン店のコーヒーショップなのに、彼が小さな椅子に腰かけているだけで、ここがまるで貴族の応接間のように見えてくるから不思議だ。

彼がなにを言い出すか戸惑いながらも待っていると、白臣は恐ろしく長い足の間で組んだ指を、ぎゅっと握りしめ、それからはっきりと口にした。

「君に相談事があってね」

「相談……私にですか？　もしかして周囲の人に言えないような、ものすごーく、困ったことでも起こったんですか？」

夏帆の素朴な疑問に、彼は視線を持ち上げまた少しだけ笑う。

「そう思うんだ？」

「だって、話す相手が私ですし……」

きっと普段親しくしている人たちには、話せないようなことなのだ。

途端に白臣に対してムクムクと『なんとかしてあげたい』という気持ちが込み上げてくる。

幼い頃はずっと彼にかわいがってもらっていた。その恩を返したい。

「あの、私にできることだったらなんでもしますから」

「なんでも、なんて言っていいの？」

探るように、静かに問いかける白臣はどこか色っぽかった。そのしっとりとした眼差しにまた心臓が暴れ始めたが、必死に平静を装う。

「もちろんです」

真剣にうなずく夏帆を見て、白臣はクスッと笑って肩をすくめた。

「まぁ、そうだね。花嫁に逃げられた僕は、いわくつきの事故物件として有名だから。こんなこと君にしか話せないよ」

「い、いわくつきの事故物件……？　白臣さんが？」

信じられない発言に、夏帆は目をぱちぱちさせた後、慌てて首を振った。

「そうじゃないですよね、だって悪いのはお姉ちゃんで、白臣さんは全然、まったく、一ミリも悪くないですよね⁉」

〝いわくつきの事故物件〟だなんて、いくらなんでも槇白臣に不似合いすぎる発言だ。

だが白臣は当然と言わんばかりに、長いまつ毛を伏せて言葉を続ける。

「世間はそうは思わないみたいでね。当時のことは誰も口にしないけど、誰も僕と結婚してくれない。おかげでこの年までひとりだよ」

「そ、そんなぁ……」

夏帆はぽかんと口を開け、それからアワアワと二の腕を上げたり下げたりする。

「噂《うわさ》なんてあやふやなもので、白臣さんを判断するなんて、おかしいですっ！ちゃんと白臣さんのことを見れば、白臣さんが優しくて、包容力があって、かっこよくて、素敵な人だってわかるはずですっ！」

一生懸命、真面目に白臣に迫りつつそう口にすると——白臣は切れ長の目を驚いたように見開き、それからふっと笑ってカウンターに頬杖をついた。

「それ、本当？」

「え？」

「僕が優しくて包容力があってかっこよくて素敵な人だって」

「——」

彼の言葉に、ようやく今自分がなにを口にしたか気が付いた。

「あ、あの……そのぅ……」

嘘をついたわけではないが、自分が彼をそう思っていると知られるのはやはり恥ずかしい。みるみるうちに顔に熱が集まる。鏡はないが絶対に耳まで真っ赤になっている。

（わ、私のバカ……）

間違いない。

動揺のあまり、ドキドキしすぎて息も苦しくなってきた。

「すみません、知ったかぶりをして。でも、私は白臣さんのこと、本当にそう思っているから……」

そう、適当にごまかしたつもりもない。白臣はとても誠実な人だと思う。とはいえ、自分を捨てて逃げた婚約者の妹という微妙な立場の人間から、そんなことを言われても信じられないかもしれないが。

(恥ずかしい……このまま消えてしまいたい……)

小さくため息をついたところで、白臣がささやいた。

「君は今、恋人がいる?」

「え……?　いません」

「好きな人とか」

なぜそんなことを聞かれるのか、白臣の意図がつかめない。とはいえ隠すことでもない。

「いや、本当に全然……大学は女子大ですし……っていうか、恋愛とか無理だしっ、結婚なんて夢のまた夢なんで、私、もう仕事一筋で生きようって思っててっ……!」

聞かれもしないことを、またべらべらと自ら話してしまった。

「男性が苦手?」

白臣が落ち着いた声で尋ねる。

「や、そうじゃなくて……私が、恋愛が、得意ではない……っていうか、生まれて一度も……したことないっていうか……」

久しぶりに会った姉の元婚約者に、恋愛経験がないことをバラしてしまった。

(白臣さんの顔、見れないよ……)

うつむくと、肩を覆《おお》っていた髪がさらさらとこぼれ落ちて、夏帆の視界を覆い隠す。

「ちょっと失礼」

だが唐突に、夏帆のすだれのように下りた黒髪を手の甲でかき分けて、白臣がひょっこりと顔を覗き込んできた。

「っ……⁉」

軽い調子だが、あまりの至近距離にまた息が止まりそうになる。

そんな美貌を近づけないでほしい。白臣に再会してずっとこの調子だ。体に悪すぎる。

どうしていいかわからずソワソワしていると、

「じゃあ、僕と結婚してくれないかな」

白臣はどこか困ったように薄く微笑んでいた。

「――」

一瞬、なにを言われたかわからなかった。『じゃあ』とはなんだ。

だが彼は黙り込んだ夏帆に向かって、一語一語、もう一度よく聞き取れるように口にする。

「チビちゃん、僕と結婚してほしい」

「っ……？」

二度言われてようやく理解した。

あの槇白臣が夏帆に求婚している。七年前に会ったっきりの、姉の元婚約者が自分に向かって、結婚してほしいと言っている。

なぜ、どうして？

夏帆は全身を強張らせながらも、ゆっくりと彼の言葉を胸の中で反芻《はんすう》しつつ、彼を見つめた。

目の前の白臣からは冗談の気配はない。美しくスーツを着こなした肩のあたりは強張っているし、視線も少しだけ揺らいでいる。白臣らしくないと思ってしまうのは、彼が間違いなく緊張しているからだ。

少なくとも捨て身の婚約破棄ギャグだとか、そういうものでもなさそうである。

「あの……どういうことでしょうか」

「僕が訳アリ物件だから」

白臣は顔を上げた夏帆の髪を、ゆっくりと耳にかけながら目を細める。

「いい加減、僕も身を固めたいんだけど。誰も結婚してくれないから君が結婚してくれると助かるんだ」

相変わらず落ち着いた雰囲気だが、やはり言っていることはめちゃくちゃだ。

(私が、恋愛も結婚も諦めてるから……?)

夏帆は茫然としつつ尋ねる。

「でも、元婚約者の妹だとあれこれ言われるのでは……?」

「今さらだよ」

白臣はまったくなんとも思っていないようだ。軽く肩をすくめた。

「ほ、本当に私でいいんですかっ⁉　私ですよ？」

うろたえながら口走る夏帆に、

「君がいいって思ってるよ」

白臣はクスッと笑う。

（私がいいって……）

彼はどこまで本気なのだろう。

だが冗談で、七年ぶりに会った元婚約者の妹に求婚などしないはずだ。彼は未熟な自分と違ってちゃんとした大人なのだから。

白臣はそれから無言で夏帆を見つめていた。澄んだ黒い瞳は落ち着いていて、浮ついた気配もまるでない。

いつまで経っても『冗談だよ』とは笑ってくれなかった。

（本当、なんだ……）

頭の中で、結婚の二文字がぐるぐると回っている。

「──少し、考えさせてください」

かすれる声でそう答えるのが精一杯だった。

「送ってくださってありがとうございました」

「いい返事を待ってるよ」

運転席の中で白臣はそう言い、夏帆は小さく会釈してアパートの階段を上った。鍵を開けて部屋に入り、ドアを閉めようとしたところで相変わらず車が停車しているのが見える。

夏帆が部屋に入るのを確かめていたらしい。銀色のスポーツカーはゆっくりと動き出し、あっという間に見えなくなった。

「私が白臣さんと結婚……？」

心がざわついているのを落ち着かせたくて、ほうじ茶を淹《い》れ、ちゃぶ台の前に座り込む。ちゃぶ台の上に白臣からもらった名刺を置いて、彼の名前を何度も視線でなぞった。

間違いなく存在している。彼と話したのは頭の中だけの妄想でもなく、夢でもないのだ。

槇白臣は老舗大企業の御曹司で、彼自身にはまったくなんの問題もないと言い切っていい、完璧な男だ。欠点を探そうとしても思いつかない。

あえて言うのなら〝一挙手一投足がスマートすぎて、思わせぶりに見える〟くらいだろうか。

白臣に見つめられると自分が特別な存在のような気がしてくるが、現実はそうじゃない。自分はどこにでもいる普通の女子大生だ。あまりにも不似合いすぎて、笑ってしまう。

「私なんか、釣り合わないのに……」

いくら彼が〝自称・いわくつきの事故物件〟だとしても、本当に白臣のことを思うなら『無理です』と断るべきだった。元婚約者の妹と結婚するなんて、また面白《おもしろ》おかしく言われるに決まっている。

だが夏帆は、あの場で断らなかった自分の本当に気持ちにも、気づいていた。

（考えさせてなんて、ズルかったなぁ……）

七年前――中学生だった夏帆は、義理の兄になる予定の白臣にほのかな恋心を抱いていた。正確に言えば、彼は初恋なのだと思う。

物心ついた時から彼は姉の婚約者だったから、それは誰に言うほどでもない淡い感情でしかなかったけれど。

この七年間ずっと、白臣のことを忘れたことはなかった。

愛を誓い合うはずの教会で、花嫁である姉に置いていかれているのに、どこか眩しそうに花嫁の背中を見つめる白臣の横顔を、いつまでも覚えていた。

あの時のどこかすべてを受け入れていた白臣の眼差しは、今でも深く夏帆の胸に刻まれている。

「私と、白臣さんが結婚……？」

口に出した瞬間、また全身がぶわっと粟立《あわだ》つような高揚感に包まれる。

「嘘でしょ……」

ふらふらしながらベッドに倒れ込む。

(返事を待っているって言われたけど、どうしたらいいんだろう……)

全身を包み込む緊張と高揚感は、いつまでも引いてくれなかった。


白臣が夏帆を訪ねてきてから一週間が経った。

カノーロの本店は創業当時から銀座《ぎんざ》にあるが本社は渋谷《しぶや》だ。名刺にある住所をスマホで検索して、夏帆はカノーロ本社にやってきていた。

広いエントランスには、新商品らしき色とりどりの靴やバッグが美しくディスプレイされている。カノーロは東京《とうきょう》を中心に、日本国内に各種ブランド合わせて数百の店舗を持つ。他ブランドとのコラボも活発で、若い女性向けの商品も多い。

姉が結婚式から逃げてから、後ろめたくてカノーロの商品を手に取れなくなっていたが、こうやって見ると懐かしい。

(素敵……)

さすが日本を代表する老舗メーカーだ。少し浮足立ちながら受付カウンターへと向かう。カウンターには美しい女性が三人座っていて、それぞれに客を応対していた。

少し距離を開けて並んで待っていると、

「――西條さま」

名前を呼ばれる。振り返ると、仕立てのいいパンツスーツに身を包んだ、三十代前半くらいの美しい女性が立っていた。

「あの……？」

見覚えのない顔だ。首をかしげると、

「槇から副社長室にお迎えするように、言付かっております。こちらへどうぞ」

「は、はいっ」

どうやら白臣の使いらしい。

ドキドキしながら彼女の先導でエレベーターに乗り込むと、名刺を渡された。

「秘書の南《みなみ》と申します」

「ご丁寧にありがとうございます」

恐縮しつつ名刺を受け取る。

彼女は南麻巳子《まみこ》といい、白臣の秘書らしい。しっとりとした大人の美女だ。

（こんなきれいで、ものすごく仕事できそうな人がそばにいたら、私がいくら大人

ぶったところで無駄よね）

一週間前、彼の前で必死に〝私は大人になりました〟というアピールをしたことを思い出し、無性にいたたまれない気分になる。

（せめてスーツを着てくるべきだったかな）

就活を終えたスーツはクリーニングに出し、その後クローゼットにしまい込まれたままだ。

ちなみに今日の夏帆はカットソーにロングのチェック柄の巻きスカートを合わせて、薄いベージュのニット素材のロングコートを羽織っている。手にはえんじ色のハンドバッグを持ち、足元は大事に履いているショートブーツだ。

革製品に関しては、非常に物持ちのいい母から譲り受けたもので悪くないとは思うが、場所が場所なだけに妙に緊張してしまった。

エレベーターは最上階の二十三階で止まり、ふかふかの絨毯《じゅうたん》が敷かれた廊下の突き当たりのドアの前まで案内される。

自分の思い過ごしだとわかっているが、重厚なドアにここはお前の居場所ではないと、威圧されている気がする。劣等感がどうにもぬぐえない。

「西條さまをお連れしました」

南がノックをすると、

「入って」

と、すぐに白臣の返事があった。

緊張しつつ開いたドアの中に足を踏み入れると、全面ガラス張りの窓を背にして白臣がデスクに座っていた。

彼は手元の書類から顔を上げ、ドアの前で棒立ちになる夏帆を見てふっと目を細める。

「来てくれてありがとう。南さん、紅茶をひとつ頼みます」

「畏《かしこ》まりました」

南は小さく頭を下げ、副社長室を出ていった。

「さて……」

ふたりきりになった途端、白臣が椅子から立ち上がり、夏帆のもとにスタスタとやってきた。

今日の彼は上品なグレーのスーツを身にまとっていた。たくましい胸板をベストに包み、えんじ色のネクタイを締めている。足元の靴は鏡のように磨かれてピカピカだ。

どこからどう見ても大人の男で、圧倒されてしまう。

「あの、白臣さん……」

「返事をくれるんだろう？」

白臣は引き締まった腰のあたりに両手を置いて、軽く目を細めた。

スーツを着てただ立っているだけなのに絵になる。モデル以上の存在感だ。

「そ……そうです」

夏帆はこくりとうなずいた。

昨日の午前中、名刺に記載された携帯番号に電話をかけて、留守番電話に『会って話がしたい』と吹き込んだ。すると、その日の午後に白臣からＳＭＳで『本社に来てほしい』とメッセージが届いたのである。

（よ、よし、言うぞっ……）

そのために夏帆は来たのだ。

「よ、よろしく、お願いしますっ」

「――ん？」

白臣が意味がわからない、という雰囲気で首をかしげる。

「えっと、だ、だからっ……」

まさか通じなかったのだろうか。しどろもどろになると、

「君の口からちゃんと聞きたいな」

白臣がちょっと面白そうに唇の端を持ち上げた。

(これは……わざと！)

なんということだ。夏帆の気持ちを先回りして推測しているくせに、この場ではっきり言わせたいらしい。

(白臣さん、実はちょっと意地悪だったりする……？)

まさか——と思いつつ開き直った夏帆は、何度か大きく深呼吸して白臣を見上げた。

彼は相変わらず穏やかに微笑んでいる。

「わ、私、白臣さんと結婚しますっ……」

覚悟したはずなのに、声はブルブルと震えていた。いや、声どころか膝も笑っていたが、自分ではどうしようもない。

(落ち着け～私～！)

なんとか震えを止めようとぎゅうっと拳《こぶし》を握った次の瞬間、白臣の腕が伸びてきて夏帆の体を抱き寄せていた。

「っ⁉」

百八十センチ以上ある白臣に抱き寄せられ、踵《かかと》が浮く。

「ありがとう」

白臣が耳元でささやいた。

人の心を撫《な》でつけるような甘く優しい声が首筋に触れ、途端に腰が砕《くだ》けそうになる。

慌てて彼の胸を押し返したが、びくともしなかった。

「あっ、白臣さん、いきなりっ……」

「いきなりだったらなに？　君は僕の奥さんなのに」

密着して話しているから、ぴったりと重なった体を通じて声が響く。白臣が使っている甘くスパイシーな香りが、夏帆の鼻先をかすめた。少しいたずらっ子のような声色にドギマギしてしまったが、それはそれとして心臓に悪い。

「まっ、まだ奥さんではないですからっ……！」

夏帆が抗議の声をあげた瞬間、ノックとともに南が副社長室に入ってきた。

そして抱き合っている夏帆たちを見て、びくっと肩を震わせる。

（きゃーーー‼　会社の人に見られてしまった……！）

夏帆は愕然《がくぜん》として棒のように硬直してしまったが、白臣はまったく気にしていないようだ。とりあえず体を離しはしたが、相変わらず夏帆の肩を抱いたまま南に微笑みかける。

「紅茶はテーブルの上に」

「はっ……はい」

南は一瞬動揺したようだが、すぐに立て直した。さすが白臣の秘書だ。言われた通りカップを応接セットのローテーブルの上に置き、副社長室を出ていく。

「もうっ、白臣さんっ！」

夏帆は顔を真っ赤にして抗議したが、白臣はクスッと笑うばかりで。数秒間、じいっと食い入るように夏帆を見つめた後、ふと思いついたように身をかがめ、夏帆の顔を覗き込んできた。

「………」

白臣の美しい端整な顔が近づいてくるなぁと思ったら、影が落ち、唇に柔らかいものが触れる。

キスされたと気づいたのは、彼の顔が離れてからで。

「!?」

いきなりの抱擁《ほうよう》からのキス。驚きすぎて声も出なかった。

両手で口元を覆うと、白臣はふっと笑みを浮かべる。

「キスしただけだけど」

「わわわわ、私、初めてだったんですけどっ！」

夏帆としては非難の声をあげたつもりだったが、白臣はそれを聞いてさらにニッコリと目を細めた。

「そう、よかった」

「え？」

「でもまぁ、キスはするよね。夫婦になるんだから」

「——そ、ソウデスネ……」

さらっと言われて、うなずいた。

そうだった。夫婦になったらキスをする。

つい、たった今触れたばかりの彼の唇を凝視してしまった。

三十代の男性だが白臣は特別だ。素肌は陶器のようになめらかで、彼の唇は、マシュマロのような弾力と柔らかさがあった。大した美容ケアもしていない自分のほうが気になる。

（これが、キス……）

夏帆がぼうっとキスの余韻に浸っていると、

「それ以上のことも、するよ？」

白臣が柔らかく言葉を続ける。

「それとももやっぱり、僕じゃ無理かな。君の夫にはふさわしくない？」

色気たっぷりにささやく白臣は、キラキラと輝いていた。

比喩《ひゆ》ではない。

夏帆の目には本当に光って見えるのだ。

（眩しい……こんな素敵な人と、キスとか……えっ……それ以上って……白臣さん、私でその気になるの⁉　色気もない私に⁉　嘘でしょ……！）

茫然としていると、白臣がプッと噴き出した。

笑い声を抑えつつもクククと笑い続けている。

どうやら今のやりとりは夏帆をからかっただけらしい。

完全にバカにされている。

「もうっ、ひどいですっ！　からかわないでくださいっ！」

キーッとなりつつ白臣の腕や胸をぽかぽかと叩くと、白臣が腕を伸ばし、夏帆の腰を抱き寄せた。

腕の中に包まれると同時に、ふわりと白臣の香りが漂う。

「ごめんごめん。かわいくてつい。何年経っても、チビちゃんはチビちゃんだな」

頭上から優しげな声が響き、大きな手が夏帆の長い黒髪をそうっと撫でる。

さっきまで真剣に怒っていたのに、そうやって宥《なだ》められているとしゅるしゅると怒りの気持ちが静まった。我ながらちょろいと思うが、白臣が強すぎるのだとも思う。

(魔法の手みたい……)

白臣は、おそらく婚約する前にも付き合った女性がいただろうし、この七年、結婚は別問題としても恋人は当然いただろう。彼が選ぶ女性はきっと賢くて美しくて、非の打ち所がない素晴らしい女性に違いない。

(私は、経験ゼロだけど……)

だから自分は、いつまで経っても〝チビちゃん〟のままなのだ。そんな自分をなぜ白臣が選ぶのか、謎でしかないのだが。

夏帆は大きく深呼吸して口を開く。

黙っていてもいいが、やはりこのことだけは伝えておきたかった。

「私……恋愛も遠い誰かの話だし、結婚だって絶対に無理だって思ってたんです」

「それは……結婚式がめちゃくちゃになったせい？」

さすが白臣だ。少ない夏帆の言葉から、もう原因を突き止めている。

「そうです」

夏帆はこくりとうなずいた。

「そうだね。僕は君をすごく傷つけたんだろう」

白臣は申し訳なさそうに声のボリュームを落としたが、夏帆は慌てて首を振った。

「白臣さんのせいではないです……！　もとはといえばお姉ちゃんが悪いんだし」

そこで夏帆は口ごもる。

七年前——姉が見知らぬ男と手に手を取って逃げてから、夏帆の中でなにかが変わった。人生観、恋愛観とでも言うのだろうか。恋をしたり、結婚したいという気持ちが自然と消えてしまった。

すべてがめちゃくちゃになったのは、姉が家族を裏切り、白臣を裏切ったから。

そしてそれは、姉が恋をしたからだ。

恋愛なんてろくなもんじゃないという気持ちは、夏帆の心に濡《ぬ》れた落ち葉のようにべったりと貼りついてはがれないままだった。

（今、私がこうなのはお姉ちゃんのせいだって思ってるわけじゃないけど……でもほかに言葉が見つからない）

体を強張らせたままの夏帆を労《いた》わるように、白臣は優しく肩に手を置いた。

「君に僕に恋してほしいとは言わない」

「え?」

「無理強いをするつもりはない。人の心は強制できないからね」

そして白臣は切れ長の目を細めて言葉を続ける。

「だけど世の中にはいろんな形の夫婦がいるだろう?」

「――そう、ですね」

夏帆はこくりとうなずく。

そもそも姉と白臣は政略結婚だった。夏帆との結婚だって、彼が夏帆に恋心を抱いたわけでもない。

(ただ私だといろいろ都合がよかった。それだけよ)

白臣の言葉で改めてその事実を思い出していた。

「夫婦の形はいろいろだ。君と僕もそれでいい」

白臣は夏帆に言い聞かせるよう言葉を続けた。

「だからとりあえず、君のご両親のことは安心して任せてほしいな」

「っ……?」

一見軽やかに言い放った彼の言葉にハッとした。驚いて顔を上げると、すべてわかっていると言わんばかりの白臣と目が合う。

「知ってたんですか？」

震える声で尋ねると、白臣はふっと口元をほころばせる。

「君のご両親は僕の両親にもなるしね」

彼は夏帆に会う前にそのくらいのことは調べていたのだ。

そして夏帆が悩んでいることも――。

これまで口にしなかったのは、夏帆に対する気遣いなのかもしれない。

「私、白臣さんと結婚したら、両親のことも助けてもらえるかもしれないって思って……。黙っていて本当にごめんなさい」

口に出すと余計にいたたまれなくなった。謝罪の言葉を口にすると、白臣はニッコリと微笑む。

「気にすることはない。僕だって」

「え？」

「――まぁ、僕はいわくつきだからね。お互いさまだよ。気にすることはない」

白臣はそう言って、なにかをのみ込むように口をつぐんでしまった。

(もしかしたら両親の件があるから、私なら断らないと思った、のかな)

そうなら納得だ。実際、両親になんの問題も起きていなければ、彼からの求婚なんて断っている。

自分には荷が重すぎるし、なにより白臣にふさわしくないから。

(なんにしても、白臣さんが悪いと思うようなことはなにひとつないわ)

たとえ彼がどういう理由で結婚しようと思ったにしても、姉に裏切られて、人生が大きく変わってしまった白臣が一番の被害者なのは変わらない。

と同時に、彼の求婚の理由を改めて振り返ると、自分の中に確かに存在した〝白臣への思い〟を口にすることはできなかった。

(私の気持ちなんか、迷惑でしかないだろうし)

姉が申し訳ないことをしたと思う気持ちと、白臣への憧れ、ほのかな恋情――。

一言では説明できない複雑な気持ちが、言葉にできないままいつまでも自分の中で渦巻いていたのだった。

「上手に誘惑してごらん」

結婚式を挙げるのは、大学を卒業してすぐと決まった。

披露宴の予定はなく家族だけで挙式のみ執り行うらしい。西條家は親戚縁者からほぼ縁を切られているので、夏帆としてはむしろそのほうが助かるのだが。

(なんだか普通に挨拶が終わってしまって……びっくりしたわ)

十一月末の大安吉日。夏帆は父とふたりで、槙家へ結婚の挨拶に向かった。

本来なら結納をするべきだが、西條家にその余裕がなく挨拶はその代わりだった。

父は最後まで体裁を気にしていたが、省略しようと言い出したのは白臣である。

「じゃあ、お義父《とう》さんをホテルまでお送りしてくるから」

白臣は見送りに出てきた両親に軽やかな口調でそう伝え、槙家を後にした。

玄関先に停車していた黒塗りの車に三人で乗り込む。槙家のお抱えの運転手は七年前とは変わっていたようで、夏帆と父を見てもにこやかに微笑んでいるだけだった。

むしろ屋敷中が歓迎ムードで、終始戸惑っていたのは夏帆たち親子のほうだった。

「本当に、よかったのでしょうか」

動き出した車の中でこの日のためにスーツを新調した父がそう言うと、助手席に座っていたジャケット姿の白臣が優しく目を細め、振り返る。

「もちろんですよ。両親も納得してくれています」

「そのようですが……まだ信じられなくて」

父は複雑そうな笑みを浮かべ、所在なさげに視線をさまよわせていた。

(私もよ、お父さん……)

夏帆は車窓の外の景色を眺めながら、心の中で父に深く同意する。

白臣の求婚を受け入れてから一か月と少し。いろんなことがいっぺんに押し寄せて目が回りそうだった。正直言って、槇家のご両親には反対されるだろうと思っていたのだ。

今日、夏帆はシンプルな濃紺のワンピースを着ていたが、コートを脱ぐ前に追い返されると予想していた。そうなっても仕方ないと半ば諦めていた。

七年前、自慢の長男を結婚式場に取り残して出ていった姉を育てた親と、その妹である。いくら姉妹が別の人格だといっても、同類とみなされるのが当然だろう。

だが槇家の両親は夏帆や父を責めたりはしなかった。七年前もそうだったが、むしろこちらを気遣っている雰囲気すらあった。

『夏帆さんはまだ二十二歳だ。そんなに早く将来を決めてしまっていいのかね？　いくらなんでも急すぎるだろう』

『白臣。あなたが無理を言っているんでしょう。わかってるのよ』

応接間で七年ぶりに再会した彼らは、西條家よりも白臣に対していろいろと言いたいことがあるようで、終始白臣を責めているように聞こえてヒヤヒヤした。

ちなみに両親と夏帆たち親子の間に座った白臣は、彼らの言葉に笑って肩をすくめるばかりで、まったく気にした様子はなかった。

『卒業してすぐなのは、就職する前に入籍したほうが、夏帆さんにとって都合がいいってだけですよ。入社してから結婚するほうが周囲からあれこれ言われるでしょう。今なら人事だけで済むわけだし』

白臣はそう言って夏帆に向かって『ね？』と微笑む。

『は、はいっ』

夏帆が慌ててうなずくのを見て、白臣はさらに言葉を続ける。

『なにより僕は束縛したくて結婚するわけじゃないんです。夏帆さんは大学在学中に税理士試験を三科目合格し、大手の税理士法人に就職を決めています。いずれ開業することも視野に入れると、できるだけ早くから彼女を支えたいと思っただけで、結婚は人生設計のひとつにすぎません』

結婚は人生設計のひとつにすぎないという発言は実に白臣らしいと思ったが、この時、緊張しつつも真面目な顔をしてソファーに座っていた夏帆は、白臣の端整な顔から出るもっともらしい〝結婚する理由〟にびっくりしてしまった。

そう、結婚しても夏帆は仕事をする気でいる。カノーロの御曹司である槇白臣の妻になって、悠々自適の奥さま生活を送るつもりは微塵《みじん》もない。

（それにその……もしかしたら数年内に離婚ってことになるかもしれないし）

夏帆から別れたいと言うつもりはないが、逆はあり得ると思っている。

白臣は夏帆に、そろそろ身を固めたいと口にした。いつまでも独身だと世間体が悪いからだ。このご時世、独身主義だからといって後ろ指をさされるようなことはないように思うが、老舗企業の御曹司だとそうもいかないのかもしれない。

とりあえず一度結婚すれば、数年で離婚することになったとしても、一度は結婚したのだから世間の対応も違ってくるだろう。

（そう考えると、私が相手っていうのは一周回って都合がいいのかも）

あの姉の妹だから、うまくいかなくたって当たり前。少なくとも白臣はきちんとした大人だから、悪く言われるとしたら自分のほうになる。

（そうね、そういうことだわ）

そうやって自分を納得させていたので、白臣の口から『夏帆を支えることを視野に入れて結婚する』と言われて、仰天してしまった。

（しかも束縛したくて結婚するって……そんなことあるはずないのに）

白臣がそろそろ結婚しようかなと思って自分を思い出してくれたのは嬉しいが、この七年間、彼とは一度も連絡を取っていない。

彼に執着される理由などひとつもない。それなのになぜか槇家の両親は長男が『夏帆に無理を言っている』と思っていたらしい。

（たぶん、ご両親にはそう見えるよう振る舞っているんだわ）

七年前だって散々な目に遭ったのに、

『春海さんの気持ちを無視して、婚約を決めた我々に問題はあった』

『夫婦になるのに彼女の不安に気づけなかった』

『彼女をあそこまで追い詰めたのは槇家ではないか』

と、春海をかばっていた白臣だ。今回だって夏帆が悪く言われないように、この結婚は白臣自身の強い希望だと両親に伝えているのだろう。

夏帆から『それは違います』とも言い出せず、白臣の発言を聞きながら、黙って微笑んでいることしかできなかった。

そうこうするうちに、車が五つ星ホテルの前に停車する。ホテルは白臣がとってくれた。父は今日ここに宿泊して、明日飛行機で帰宅するらしい。

「お父さん、本当に明日見送りしなくていいの？」

「いいよ、そんな気を使わなくても。またすぐお前の顔を見られるし」

父は苦笑しつつ、夏帆が差し出したボストンバッグをロビーで受け取った。それからふと思い立ったように、だが恐ろしく真剣な顔で、夏帆に顔を近づけささやく。

「……本当に、妊娠していないんだな？　お母さんに心配をかけまいと気を使っているとか、そういうことはないんだな……？」

「っ……！」

父の発言にギクッとして、頭から冷水を浴びせられた気分になった。

「ちっ、違うって何回も言ったでしょうっ……！」

慌てて父の肩を押し、ぶんぶんと首を振る。

そう、あまりにも結婚が早いので、両親は夏帆の妊娠を疑ったらしい。何度も否定したが、やはりまだ疑っていたようだ。

「もうっ、白臣さんに聞かれたら困るよ……！　っていうか、私にも白臣さんにもすごく失礼だよっ！　そんなこと全然ないからっ！」

「そ、そうだな……すまん……」

声を抑えつつも、キリキリと目くじらを立てる娘の姿にようやく納得したようだ。

父は何度も謝り、少し離れたところで待っていた白臣に改めて頭を下げた。

「白臣くん、娘のことをどうぞよろしくお願いします。それと、私や妻のことまで……いろいろ面倒をかけてすまないね」

「お義父さん、本当に気になさらないでください。僕たちは家族になるんですから」

白臣はそう言ってこちらに近づいてくると、夏帆の肩を抱き寄せた。

その手のぬくもりはどんな言葉よりも力強く、夏帆とその家族を守るという意思がひしひしと伝わってくるようだった。

（これでよかったんだよね……）

何度も振り返りつつ頭を下げる父の後ろ姿を見送っていると、胸がぎゅうっと締め付けられて苦しくなる。

白臣の求婚を受け入れた後、夏帆は父に、白臣にプロポーズされて結婚することになったと伝えた。

報告は電話だったが、当然父はひっくり返りそうなくらい驚いていた。

偶然白臣と再会し親しくなったこと。そこから結婚という話になったと告げると、さらに言葉を失っていた。

その時はそのまま電話を切ったのだが、その後夫婦で話し合ったらしく、

『白臣くんがそんな人ではないとはわかっているが、もしかしたらお前を春海の代わりにしようとか、そういうことじゃないのか？』

と、何度も念押しするように尋ねてきた。

確かに姉の春海は美しく、他人の目を引く華やかな美貌の持ち主だった。

だが妹の自分は姉のような派手さは微塵もない。薔薇《ばら》と野に咲く小さな花くらい印象が違う。

どこからどう見ても似ても似つかないので、そういった意味での姉の代わり、というのはないように思う。

純粋に手っ取り早く結婚できる相手として夏帆を選んだだけだ。とはいえ、娘の幸せを心から願っている父に、そんなことはとても言えないのだが。

『結婚は確かに早いなと思うけど、こういうのはタイミングって言うじゃない？　それに白臣さんのこと、子供なりに憧れていたから』

と、もっともらしい返事をして、強引に両親を納得させてしまった。

だがこれで母は安心して手術を受けられるし、父のことも白臣がなんとかしてくれる。頼りきってしまうのが本当に申し訳ないが、夏帆は現状学生だ。就職して働きだしたら実家に仕送りできるし、資格を取り実務経験を積んで税理士になれば、両親を養うことも可能だろう。

(それまでは白臣さんの形だけの妻だって、いいわ)

彼は夏帆に恋をしなくてもいいと言っていた。

むしろされたくないのではないだろうか。

だからこれは、既婚者という白臣の体裁を整えるだけの仕事を求められただけと割り切るしかない。

そう自分に言い聞かせていると、白臣が苦笑しながら後部座席に乗り込んできた。

「お義父さんに一緒に食事をしようと言ったんだけど、疲れてるからいいって」

「仕方ないと思います。昨日もよく寝られないまま飛行機に乗ったって言ってましたから」

いくら槇家が許してくれているとはいえ、父は娘が白臣の人生をめちゃくちゃにしたと思っている。今でもずっと苦しんでいる。そんな中、今度は妹が白臣と結婚すると言い出したのだから、相当動揺しただろう。話はとんとん拍子だったが、裏を返せば強引に進めてしまったということでもあるのだ。

「私の気持ちを尊重してくれた両親には感謝しています」

夏帆がそう言うと、白臣は切れ長の目を細めてうなずいた。

「そうだね。僕も安心してもらえるようないい息子になるよ」

「白臣さんは、立派すぎるくらい立派です」

夏帆はいたって真面目にそう口にしたのだが、白臣は虚をつかれたように一瞬息をのみ、それからクスッと笑って夏帆の肩を抱き寄せた。

「チビちゃんは本当にピュアだな。僕のようないわくつきの男に捕まってしまってかわいそうだ」

「もう、そんな風に悪ぶらないでください」

白臣はなにも悪くない。

夏帆は真面目に首を振ったが、白臣はやんわりと微笑むばかりだった。

それから白臣がふと思い出したように運転手に声をかけた。

「元麻布《もとあざぶ》に向かってくれるかな」

「畏まりました」

運転手はうなずき、車は動き出す。

「元麻布？」

夏帆が白臣の顔を見上げると彼は小さくうなずく。

「来週から一緒に住むマンションを見に行こう」

「へぇ……えっ⁉」

来週という単語に耳を疑った。

「来週って、結婚式を挙げてからではなくてですかっ？」

同居するにしても入籍する来年の春だろうと思っていたのに、まさかの提案に目が点になる。だが白臣は特に動揺した様子もなく、軽やかに言葉を続けた。

「チビちゃんが住んでいるアパートを悪く言うつもりはないんだが、セキュリティ面で少し心配なんだ」

「でっ、でも」

「半年先も来週もだいたい同じだろ？　僕を安心させると思ってほしい」

決して同じではないと思うのだが、白臣はそんな夏帆の戸惑いを押し込むように顔を覗き込み、ニッコリと微笑んだ。

微笑む白臣は優雅だが、決してノーと言えない圧がある。

「う……」

夏帆は白臣の提案をのまざるを得なくなった。

しばらくして車が元麻布に到着する。三階建ての、いわゆる低層マンションというのだろうか。周囲は緑に囲まれている閑静な住宅街だ。一階のカウンターには黒いスーツに身を包んだコンシェルジュがいて、白臣を見てにこやかに微笑む。

「お帰りなさいませ」

「ただいま。彼女は僕の婚約者だからよろしくね」

「よっ、よろしくお願いしますっ」

婚約者と紹介されて仰天したが、慌ててコンシェルジュに頭を下げる。

エレベーターに乗り込み、最上階に到着してまた驚いた。このフロアはどうやら一部屋のみらしい。

「白臣さん、ここにひとりで住んでいたんですか？」

夏帆が住むアパートがまるごと入りそうで、思わずキョロキョロしてしまう。

「もともとは投資目的で所有していた物件のひとつなんだ。でも君と住むとしたらここが一番いいかなと思って」

白臣はそう言って鍵を開けて、夏帆を部屋の中に招き入れる。

「わぁ……」

広々とした部屋が視界に広がり、思わず感嘆の声が漏れてしまった。

リビングは黒を基調としたアンティーク風なインテリアで揃えられていて、シックな雰囲気で整えられている。キッチンはアイランド式で、広くて使いやすそうだ。

「3LDKにクローゼットルームが別についてる。お互い仕事を持ち帰ることもあるだろうから一部屋ずつ用意した。残りの部屋はふたりの寝室になる」

目の前の部屋の素晴らしさにうっとりしていた夏帆だが、白臣の言葉に心臓が跳ねる。

「しっ……寝室？」

「見る？」

白臣はクスッと笑って夏帆の手を取り寝室へと向かった。

部屋の広さは十五畳くらいだろうか。奥に大きなキングサイズのベッドがあり、小さな水彩画が飾られている以外にはオーディオ機器も設置されている。薄いブルーの壁紙がかわいらしい雰囲気の部屋だ。

（ここで、ふ、ふたりで寝るの……？　えっ、来週から……？）

夏帆がハワ……と体を強張らせていると、背後から白臣がそうっと抱きしめてくる。

「ベッド、気に入らないかな」

「ひゃっ！」

白臣の甘い声が耳元で響き、全身がぷるぷると震えた。

背中に広い白臣の胸を感じて力が入らない。

「えっと、気に入らないっていうか、あのっ、そのっ……」

結婚したら、もしかしたらそういうこともするのかも、と思っていたが、自分たちは普通の結婚とは違うから、なんとなく〝しない〟かもしれないと思っていた。

なのでいざ目の前で〝ふたりで眠るベッド〟だと言われると、体が固まってしまう。

（やっぱり、その、するってこと⁉）

白臣は『キス以上のこともするよ』と言っていたが、自分なんかに〝その気〟になるはずがないと思っていた。

未経験ゆえにそう思いたかっただけかもしれないが。

夏帆が緊張で白臣の腕の中でピーンと体を強張らせていると、

「チビちゃん。僕が怖い？」

白臣が続けて問いかける。

チビちゃん――と呼ぶ声は甘く優しい。

「…………」

自分は白臣が怖いのだろうか。震えているのはそのせいだろうか。

確かに自分は恋愛経験が皆無で、ぴっかぴかの処女だ。これからも恋愛とは無縁に生きていくと思っていた。

だが白臣から妻になってほしいと言われてうなずいた。

夏帆にとって白臣が唯一の異性で、素敵だと思う人だからだ。

考えなしの選択と言われても仕方ないが、初めての相手が白臣が相手なら――怖くない。

夏帆はワンピースをぎゅっとつかみながら、声を絞り出した。

「こっ、怖く、ないですっ……」

「――本当に？」

夏帆の答えを念押しするように、白臣が低い声で尋ねる。

「ここまで強引に進めてきた自覚はあるけれど、僕は君に無理強いするつもりはないよ」

白臣の言葉はおそらく真実だ。

夏帆を抱きしめるこの手を振り払っても、おそらく彼はなにも変わらない。今後、何事もなかったかのように振る舞ってくれるだろう。

そして夏帆も〝チビちゃん〟のままでいさせてくれる。

(でも私……そんなの、やだな)

そう、嫌だった。

もちろん、助けが必要だった両親のことも大きく関係しているが、結婚することを受け入れたのは、まず人生をめちゃくちゃにされた白臣への贖罪《しょくざい》の気持ちがあったからだ。

これから先誰とも結婚しないと思っていた自分が、いわくつきだという彼の人生に役立てるなら、それでもいいと思っていた。

だが一番の理由は、夏帆自身が白臣を好きだから――。

一生結婚なんてできないだろうなと漠然と思っていたくせに、憧れのお兄さんだった白臣と結婚できたら素敵だなと思ってしまった。

(ほんと私って、自分のことばかり……)

だがこの気持ちだけはごまかせないし、嘘はつけない。夏帆は自分を奮い立たせる。

深呼吸して、それからはっきりと自分の口で伝えることにした。

「白臣さんだから、私、本当に、その……白臣さんだから、結婚してもいいなって思ったんですっ……それに、その、そのっ、私が、震えているのは、むっ、武者震いってやつですっ！」

「――クッ」

武者震いと口にした瞬間、白臣が背後で噴き出した。そしてククと、夏帆を抱きしめたまま体を震わせ始める。

「君って子は本当に……楽しい子だな」

「白臣さん……？　どうして笑ってるんですか？　私は真剣に……」

夏帆はちょっと拗《す》ねながら唇を尖《とが》らせる。

「っていうかっ、そ、そういう白臣さんこそ、私でその気になるんですかっ？」

どう考えても、自分は彼が今まで恋人にしてきた女性に劣るはずだ。

肩越しに振り返ろうとした瞬間、真摯《しんし》な眼差しでこちらを見つめている白臣に気が付いた。

笑っていたはずの白臣が、どこか切羽詰まった、色気たっぷりの真剣な表情で顔を近づけてきている。

「僕が君に、その気にならないとでも？」

「あ……」

心臓がドキンと跳ねる。

この距離はいけない。彼の漆黒《しっこく》の瞳に吸い込まれてしまう。

頭ではわかっていたが体が動かなかった。

「試してみようか」

白臣が悪魔的な提案をし、唇が重なり、体がもつれるようにベッドに倒れ込んだ。

夏帆の長い黒髪がシーツの上に広がる。キングサイズのベッドは夏帆の家にある量販店のものとはまったく違う柔らかさと弾力で、ふたりの体を包み込む。

白臣は無言で切れ長の目を細め、頬を傾けて夏帆に口づけた。彼の手がシーツの上を所在なさげに動く夏帆の手をつかみ、指を絡ませるように握りしめる。

何度も唇が触れて重なり、吸われて、次第に頭がぼうっとしていく。

「かわいいね」

繰り返される白臣の甘い声と、ちゅ、ちゅっ、と甘いリップ音が衣擦れの音とともに寝室に響き、濃密な空気が充満していく。

夏帆に体重をかけないようにしてくれているのはわかるが、それでも覆いかぶさる白臣の体は大きく、自分がものすごく小さな存在のような気がして、このまま消えてなくなるような感覚に襲われてしまった。

白臣は今、どんな顔をしているのだろう。

近すぎて表情がわからない。

（頭が、ぼうっとする……息が止まりそう……）

一方的に与えられる白臣のキスは甘かった。

なんだっけ、と思ったところで気が付いた。今日、槇家で飲んだオレンジペコの味だ。

もしかして、自分も同じ味がしているのだろうか。

「あ……」

たまらず漏らした夏帆の吐息に、白臣の瞳の中の瞳孔《どうこう》がすうっと小さくなる。

次の瞬間。彼の舌が唇を割り、夏帆の口の中に差し込まれる。舌先が一瞬だけ触れ合って、甘やかな痺《しび》れが全身を包み、わななくような快感が走る。

ちゅうっと吸われて、瞼《まぶた》の裏が真っ赤に染まった。

（これは、お、大人のキス……！）

夏帆だってこれがなんなのかは知っている。漫画や海外の映画で見たことがある。

（だ、だめ、だめすぎる、変になっちゃう……）

こんな経験は生まれて初めてで、自分が自分でなくなりそうで、怖くなった。

「あ、あき……っ」

唇が少しだけ離れた瞬間、彼の名前を呼ぶと、白臣がハッとしたように目を見開き、すうっと息をのんで、それからゆっくりと息を吐いた。

「――急にごめん。驚かせるつもりはなかったんだけど、君がかわいいことを言うから、ちょっと我慢できなくなった」

彼はこつん、と夏帆の額におでこを合わせて眉をしゅんと下げる。

「か、かわいい……って」

いったいなにが彼の琴線《きんせん》に触れ、こんなことをさせたのだろうか。

恥ずかしいような照れくさいような、理解できないことに対する不安やらでごちゃ混ぜになっていると、

「かわいかったよ。武者震いって……ククッ……」

白臣はまた思い出したように笑って、それから上半身を起こすと夏帆の手を引いて起き上がらせてくれた。そして少し困ったように目を細めながら、頬にかかった夏帆の黒髪を耳の後ろに流す。

「僕のことを真剣に考えてくれてありがとう。もうなにもしないから、ゆっくり息をして」

そしてそのまま夏帆の肩を抱き、胸の中に抱き寄せてしまった。

白臣の広い胸に頬が押し付けられる。

『なにもしない』と言って抱きしめるのはどういうことだ。これは、彼にとってはなにもしない部類に入るのだろうか。

とはいえ白臣のぬくもりから自ら離れる気も起きなかった。

彼にドキドキさせられたのに、こうやって気持ちが落ち着くのも白臣の腕の中だから――。

「顔真っ赤だ。体もすごく熱い」

白臣がからかうようにささやく。

「うぅ……」

否定したいが、彼の言う通り、顔どころか全身が熱い。息もうまく吸えない。

「だ、だって、白臣さんっ、恋、しなくても、いいって……」

しどろもどろにつぶやくと、彼はしれっとした様子で口を開く。

「しなくてもいいけど、君が僕に恋をしてくれたら円満な夫婦生活を営めるとも思ってるよ」

「えっ……!?」

夏帆の心臓がドキッと跳ねる。

そういう意味の恋なら、最初からしている。昔からずっと、彼は憧れの対象だったのだから。

「でもまぁこれじゃ、新婚生活を送るどころじゃないな」

白臣はフッと笑って、それから宥めるように、ひとりでドギマギしている夏帆の額に唇を押し付けささやく。

「チビちゃんの部屋にベッドを用意するよ」

先ほどのような執拗さはない、まるで子供を寝かしつける父親のような穏やかで優しいキスだった。

ベッドを用意する――。

どうやら白臣は夏帆と寝室をともにする気はなくなったようだ。

本来なら安心するべきなのに不安が胸をよぎる。

(私が子供すぎるから……?)

白臣にとって、いつまで自分は〝チビちゃん〟なのだろう。

確かに初めて彼に会った時、自分は幼児だったたし、まごうことなきチビちゃんだった。だが今は二十二歳だ。成人しているし、半年もすれば就職して社会人になる。いつまでも子供扱いされたくはない。

確かに経験はないが、ずっとこのままでいいと思っているわけでもない。

「こっ……子供扱いしないでくださいっ！」

「え？」

いきなり声を張り上げた夏帆に、白臣がきょとんとした顔になる。そんなことを言うとは思っていなかった――そういう顔だ。

「だから、私も大人ですからっ」

「大人……」

白臣は少し真顔になる。夏帆の必死さが通じたのだろう。

だがその必死さは、自分が今口に出した〝大人〟とは若干かけ離れていることに気が付いた。

子供扱いしないでと声をあげること自体、子供なのだ。

学生時代、勉強ばかり必死に頑張ってきたが、女性としては足りなすぎる気がして、悔しくて言葉を失う。

（ああもう……っ……私の、バカ……）

しおしおと打ちひしがれていると、頭の上にぽん、と白臣の手が置かれる。

顔を上げると、こちらを見つめる白臣と目が合った。

「こういう風に、子供扱いはしてほしくないってこと？」

「はい。それともう、チビちゃんって呼ばないでほしいです……」

少なくとも自分が魅力的な大人の女性なら、子供をあやすように頭をぽんぽんなんかしないはずだ。

白臣は少し考え込んだ後、小さくうなずいた。

「わかった。今後はなるべく子供扱いは控えるよ」

なるべく、と言われてモヤモヤしたが、こればかりは自分の中身が伴っていないことが理由なので、仕方なくのみ込む。

「でもだからって僕が一方的に君を〝大人〟として扱うのは、フェアじゃないと思う。僕がその気になれば、君なんかペロリだし」

「え？」

よく意味がわからず首をかしげると、

「夏帆」

白臣が唐突に名前を呼んだ。

再会してから基本的には〝チビちゃん〟呼びだったので心臓が跳ねる。

だが驚きはそれだけではなかった。

「僕を誘惑してごらん」

「はっ⁉」

白臣が名案を思いついたと言わんばかりに、ちょっと意地悪に笑みを浮かべる。

「僕を上手に誘惑できたら、君を大人として認めよう。君が望むようにキスもするしその先もする。優しく抱いて、名実ともに僕の妻として扱う」

白臣はそう言って、頭の上に置いていた手を離し、指先をつうっと夏帆のこめかみから耳朶《みみたぶ》へと移動させる。

「僕をその気にさせること。できるかな。やっぱり無理？」

白臣は甘い声でささやきながら、その指先で夏帆の耳の縁を撫でる。

「っ……」

背筋がぞくぞくと震えて、体がびくっと揺れた。

そんな夏帆の反応を白臣はどこか楽しげに見つめると、

「それができないなら、君はやっぱり〝かわいいチビちゃん〟だ」

と、ニッコリと笑う。

（白臣さんってほんと手ごわすぎる……）

夏帆ははわわ、となりながらうなずいたのだった。

就職活動も終わり単位も取得済みとなると、週に一度のゼミくらいで、大学に行く回数もだいぶ減る。

図書館で借りていた本を返し、カフェで温かいお茶でも飲もうかと構内を歩いていると、

「夏帆〜！」

と、明るい声で呼び止められた。振り返ると、同じゼミの青島由美《あおしまゆみ》が手を振りながら駆け寄ってくるのが見えた。

「あっ、由美ちゃん、元気だった？」

「元気だったよ〜。やーっと希望のベンチャーに内定もらえて、教授に報告に行くところっ！」

「わぁ、おめでとう！」

「十一月中に決まってほんとよかったぁ〜……もぉ、世間じゃ内定式もとっくに終わってるし、クリスマスムードだし、ほんと焦ってたよぉ！」

由美はその場でぴょんぴょんと跳ねながら夏帆に笑顔を見せる。

「ね、夏帆は近況に変化なし？」

「え？」

変わりないかと言われて心臓が跳ねる。

ないわけがない。めちゃくちゃにあった。

先月、姉の元婚約者と再会し求婚され、大学卒業後に結婚することになった。しかもまもなく同居予定である。

（こんなこと話せる……？　いや、無理！）

由美のことは大好きだが、結婚が決まったなんて立ち話で話すようなことでもないし、そもそも七年前の事件があっての結婚だ。

白臣のことを正直に伝えられないので、説明は難しい。

「――特に変わりないかな」

結局、ごまかすようなセリフを口にしてしまった。

「そっかぁ～！　夏帆もあたしも、ロンリークリスマスだね……はぁ」

由美は二年ほど付き合っていた彼氏がいたのだが、就職活動中のすれ違いから別れてしまったのだ。

「由美ちゃんならすぐに彼氏できるよ」

実際、明るくてかわいい彼女は普段からモテモテなのだ。

「ふっ、そんなこと言ってくれるの夏帆くらいだよ〜」

涙をぬぐうふりをしながら由美は軽く肩をすくめ、

「そのうちごはんでも食べよっ！　連絡するねー！」

そう言って、ゼミ棟へとスタスタ歩いていった。

（由美ちゃんは相変わらず元気いっぱいだな〜……私もぼーっとしてないで頑張らなきゃ）

白臣に『子供扱いしないでほしい』とお願いし、『だったら僕を誘惑してその気にさせて』と言われたのはつい数日前の話だ。

白臣にとっては恋愛感情の結果としての結婚ではない。あくまでも人生設計のひとつである。なおかつ〝誘惑云々《うんぬん》〟は夏帆が彼に恋をしたほうが円満な結婚生活を送れるだろうと思ってのことだ。

（私は白臣さんが好きだけど、そういうんじゃないんだろうな）

夏帆は白臣に淡い恋心を抱いているが、それは憧れのようなもの。

優しいお兄ちゃんだった白臣くらいしか異性を知らないから、彼を盲目的に信じている。白臣なら間違わないし、白臣なら安心していい。そう思っている。

そういう夏帆の気持ちも白臣は見透かしているのだろう。

(私は彼の手のひらの上なんだろうな)

でも同時に、この結婚に本気になるのは怖い。

自分ばかり彼に夢中になってしまいそうで――。

白臣は夏帆のことをなんとも思っていないのに、あんな情熱的なキスをしてきた。

誘惑がうまくいったら、夏帆は自分がどうなってしまうのか、怖くてたまらない。

しかも夏帆は一応、彼にやる姿勢を見せてしまったのだ。若干八方ふさがりな気がするが、今さらできませんとは言いたくなかった。

(とはいえ、どうすればうまく誘惑できるのか、全然思いつかないんだけど……はぁ)

てくてくと正門に向かって歩いていると、バッグの中のスマホが着信を知らせて震える。電話の主は白臣だった。

「は、はいっ」

慌ててスマホを耳に当てる。

『今話しても大丈夫かな』

「もちろん、大丈夫ですっ」

緊張が声に出ていないだろうか。

白臣のことを考えながら歩いていたので、無性にドギマギしてしまう。

『仕事が早く終われそうなんだ。だから君の日用品を買いに行こうと思って』

「日用品ですか？」

腕時計に目を落とす。時間はまもなく五時になろうとしていた。

『パジャマとかタオルとか。好みがあると思うから、僕が勝手に選ぶよりも一緒に行ったほうがいいだろ？』

どうやら夏帆のものを買いに行くのに誘われているらしい。

「え、いや、そんなお気遣いなくっ！　家にあるものをそのまま持っていくつもりですし！」

白臣にお金を使わせるのが非常に申し訳なく、遠慮からそう口にしたのだが、電話口の白臣は苦笑しつつささやいた。

『僕の楽しみを奪わないでほしいな』

「え……？」

『僕がそうしたいんだ。もちろん君が、僕からはなにももらいたくないって強い気持ちがあるなら諦めるけど』

スマホの向こうから、しょんぼりした気配がする。

「そんな……ことないです。嬉しいです……ごめんなさい、ちょっとびっくりしてしまって」

過度な遠慮はかえって失礼かもしれないと、慌てて謝罪の言葉を口にする。

すると白臣はホッとしたように、

『じゃあうちの銀座の本店まで来てくれるかな』

と提案してくれた。

「わかりました。今大学にいるので、このまま向かいますね」

『寒いから、店の中で待っていてくれる?』

「は、はいっ」

クリスマスシーズンはまさにかき入れ時だ。カノーロの銀座本店もさぞかしにぎわっているだろう。

慎ましい生活をしているので、気軽に靴やバッグを買うことはできないが、見るだけでも心は躍るものだ。

(白臣さんとお買い物……!)

彼からしたらただ必要なものを買うだけかもしれないが、やはり心が弾むのを止められない。

夏帆はスキップでもしたい気分で、駅へと向かったのだった。

それから銀座へと到着した夏帆は、名だたる世界的ブランドが立ち並ぶ大通りからカノーロの本店へと向かう。

カノーロは白臣の祖父が一代で大きくした会社で、現在の社長は白臣の父親であり、白臣が副社長を務めている。時世を読むのに長《た》けているようで、品質のいい海外ブランドと提携したり、年齢層に合わせたブランドを複数展開している。業界内ではかなり福利厚生もあつく離職率も低いらしい。

夏帆は税理士になろうという明確な目標があったので受けることはなかったが、友人のうち何人かはカノーロで働きたいという子もいたくらいだ。

（お姉ちゃんがいた頃は、何度かお邪魔したけど）

今のカノーロはどうなっているのだろうとワクワクして店に向かい、実際目にしたところで、夏帆は仰天してしまった。

「だいぶ変わってる……！」

どうやら自分が近づかなかった七年の間に、かなり様変わりしたらしい。七階建ての建物自体は前面がガラス張りなところは変わっていないが、一階が広々としたカフェスペースになっていた。

『Cafe《カフェ》 Canoro《カノーロ》』とあるから、ほかの店に貸しているわけでもないようだ。

「へぇ……」

店の中で待っていてと白臣は言っていた。カフェで待っていてほしいという意味だったのかもしれない。じゃあと木製のドアを開けて中に入ってみたが、注文カウンターまで十人以上並んでおり、席も見た限りいっぱいだった。

(並ぶのやめようかな……)

もともと行列に並ぶのがそれほど得意ではないたちだ。せっかくだからと、カフェを出て二階の店に上がることにした。

二階は二十代の女性向けフロアで、親子やカップルでにぎわっている。夏帆もフロアを眺めながら、目についたファーつきのショートブーツを手に取る。

クリスマスデートのために、靴やバッグを新しくする女の子も多いだろう。

(働きだしたら、実用重視じゃなくて、かわいい靴やバッグも買えるかなぁ)

そんなことを考えつつ、一通り眺めた後は上の階へと上がっていく。

(初任給で、お父さんとお母さんになにか買ってあげたいけど)

なにげなく視線を向けた先にある、店内のクリスマスツリーを見て、気が付いた。

「あっ」

思わず声が出てしまった。聞きつけた店員が「なにかお探しの商品がございますか？」と上品に尋ねてきたので、慌てて「ち、違います、すみませんっ」と頭を下げ、そそくさとその場を離れる。

踊り場の階段で外に面した窓にはりつき、茫然と銀座の街を見下ろした。

（白臣さんへのクリスマスプレゼント、全然考えてなかった……！）

今まで家族以外――しかも男性にクリスマスプレゼントを贈った経験がなかったので、まったくその考えが浮かばなかった。

（えっ、いったいなにを贈ったら？）

槙白臣がなにが欲しいかなんて、まったくわからない。そもそも欲しいものは自分で買っているはずだ。

夏帆は動揺しつつさらに階段を上り、男性向けのフロアを見回す。クリスマス商戦真っ只中ということもあり、男性向けフロアにもかかわらずそこは女性客でいっぱいだった。

上品な財布やベルト等々、国産革製品がセンスよく陳列されている。

白臣相手でなければこの中から選んでも問題ないが、相手は副社長だ。

（さすがに自社製品はないわよね……驚きがゼロだもん）

白臣は大人なので、夏帆がなにをプレゼントしてもニッコリ笑って受け取ってくれるだろうが、やっぱりワクワクしてもらいたい。

幸いクリスマスまで一か月以上ある。考える時間はあるはずだ。

（よし、白臣さんを観察してリサーチしよう！）

ぐっと唇を引き結んだところで、バッグの中のスマホが震える。白臣からの着信だった。夏帆の姿がカフェにないので探しているのかもしれない。

慌てて「はいっ」と電話を取ると、白臣が『今どこかな？』と柔らかい声で尋ねてきた。

「すみません、お店のほうにいました。すぐ下ります！」

『ああ、店舗にいたのか』

白臣が苦笑する声が聞こえる。

「ごめんなさい、メッセージ送っておけばよかったですね」

謝罪の言葉を口にしながら階段を駆け下りる。その気配が伝わったのだろう。電話の向こうで白臣が少し慌てたように口を開いた。

『急がなくていいから、階段を走ると危ないよ。エレベーターで下りておいで』

「でも階段のほうが早いのでっ……！　すぐ行きます！」

電話を切って、階段を一気に駆け下りる。下りきった入り口付近に、上品なグレーのコートを羽織った白臣がスマホをポケットにしまうところが見えて、夏帆はそのまま勢いで彼のもとに駆け寄った。

「白臣さ、あっ……！」

こちらを見上げる彼に向けて手を振ったその瞬間、残り数段で、ブーツの踵がひっかかってぐらりと体がバランスを失った。

「夏帆！」

慌てた白臣が腕を伸ばし、しっかりと全身で夏帆の体を抱きとめる。全体重がかかってしまったが、白臣はびくともしなかった。

白臣が、慌てた様子で夏帆の顔を覗き込んでくる。

「大丈夫？　足とかひねってない？」

階段から落ちかけて心臓はバクバクしていたが、それよりもずっと白臣が『夏帆』と呼んだことにときめいてしまった。

「えっ、あ、はいっ大丈夫ですっ」

白臣は眉のあたりを少し寄せて非難するように目を細める。

「走るなって言ったのに」

とはいえ、たしなめる白臣の声は優しかった。

「お待たせしてると思ったら……つい。ごめんなさい」

「僕なんか待たせたっていいんだよ」

白臣がふふっと笑ってそう言うと、彼の背後から女性がすっと前に出てきて、困ったように首を振った。

「副社長の時間は有限です。お待たせするなんてとんでもないことですわ」

キリッとした美人だが、ベージュのコートを着たその女性は見覚えがある。

「南さん……」

そう、白臣の秘書の南だった。夏帆の呼びかけに彼女は無言で会釈する。ふたりの背後には黒塗りの車が停車していた。仕事で外出していたのだろう。

白臣は南の言葉を聞いて「僕はそんな大した人間じゃないよ」と苦笑しつつ、腕時計に目を落とす。

「じゃあチビちゃん」

だが次の瞬間、今度は白臣のスーツの内側からスマホの着信音が鳴り響いた。

「――社長の秘書だ」

着信を見た白臣は少しだけ眉を下げたが、その場に立ち尽くしている夏帆に「ごめんね。少し待ってて」と言い、スマホを耳に当てこの場を離れてしまった。

会話の内容までは聞こえないが、白臣は難しい顔をしてなにかを指示している。その表情から込み入っている雰囲気が伝わってくる。

「やっぱり忙しいんだなぁ……」

夏帆の唇からぽろりと声が漏れる。

自分に付き合ってもらって本当にいいのだろうか。

遠くに行ってしまった白臣の広い背中を、なんとなく目で追いかけていると、

「まったくです。カノーロにとってクリスマス商戦がどのくらい大事か……」

と、南が苦言を呈してきた。

ぼんやり白臣を見つめていた夏帆だが、南の言葉にギクッと体が震える。

彼女の言うことはもっともだった。なんとなく『忙しいのでは？』とふんわり考えはしたのだが、結局、白臣の『大丈夫』という言葉に甘えてしまった。

「す、すみません。ただ、その……白臣さん、今日は早く仕事が終わったって言ってたから……」

言い訳のように口にすると、南の整えられた眉がまたきりりと吊《つ》り上がる。

「そんなの嘘に決まっているでしょう」

南はため息をつき、忌々《いまいま》しげにふいっと顔を逸らした。

「世間知らずなお嬢さまの気まぐれに付き合わされる副社長が気の毒だわ」

それは雑踏の中ではかき消されるような小さな声だったが、常日頃、注意深く人の言葉を聞いてる夏帆の耳に届いてしまった。

「あ、あの、私、お嬢さまとかではないですから……」

世間知らずな自覚はあるが、お嬢さまと言われるとひっかかる。

「え？」

南が驚いたように振り返り夏帆を凝視する。その瞬間、しまったと思った。

（私のバカ……！）

秘書である彼女に、夏帆が自分の氏素性を口にする必要などまったくない。白臣が世間に対して正式に夏帆をお披露目するにしても、彼のタイミングがある。

少なくとも多少嫌みを言われたくらいで、彼女の言葉に反発してしまった自分が情けなくなった。

「すみません、どうでもいいことでした」

夏帆の言葉に南はなにかを言いかけたが、そこに電話を終えた白臣がスタスタと戻ってくる。

「お待たせ」

そして夏帆の顔を見てかすかに目を細めた。

「どうかした？」

白臣の観察眼に、夏帆は慌てたように顔を上げ、ぷるぷると首を振った。彼に余計な心配をかけたくない。

「いいえ、なんでも」

「そう。じゃあ行こうか」

白臣はふっと笑って、夏帆の手を取り自分の腕にかける。いきなりのことで驚いたが、振り払うのも失礼だと思い、恥ずかしながらそのまま身を任せた。

「南さん、お疲れさま」

「――行ってらっしゃいませ」

南はもうなにも言わなかった。ゆっくりと歩き始める白臣と肩を並べつつ、肩越しに少しだけ振り返る。

（南さん……？）

なんとなく見られている気がしたのだが、停めてあった車に乗り込む彼女の表情はよくわからなかった。

(でも、反省しなきゃ。私、彼女の言う通り世間知らずで……子供だわ)

少し言い方がキツイ気もしたが、白臣の秘書なら業務を邪魔する夏帆に腹が立つのも当然だ。子供扱いしないでほしいと言っておきながらこうだ。自分がまた情けなくなる。

「チビちゃん?」

白臣が考え込む夏帆を見て、顔を覗き込んでくる。

「あっ、なんでもないです。その……。白臣さんとお買い物、嬉しいです。時間を作ってくださってありがとうございます」

「うん。僕も嬉しいよ」

優しく微笑む白臣からは善意しか感じられない。

南に言われていろいろ思うことはあるが、せめて白臣の気遣いには感謝しよう。

そう思ったのだった。

夏帆の引っ越しはまったく苦労しなかった。住んでいるアパートから勉強道具や衣類等を運んだだけである。

ひとりでできると言ったのだが、白臣が手配してくれた業者がやってきて荷物を梱《こん》包《ぼう》し、あっという間に白臣のマンションのクローゼットに詰め替えてしまった。白臣からはアパートを引き払ってはどうかと言われたが、荷物の整理もしたかったので、アパートは春までそのままだ。

新しい夏帆の部屋には、使い勝手のよさそうなデスクとチェア、パソコンと本棚、大きな観葉植物とベッドが最初から用意されていた。どれも白臣が手配してくれたものだ。ちなみに廊下を挟んだ正面が白臣の書斎らしい。

引っ越し業者を見送った後、夏帆は〝おじさま〟に手紙を書きながら、改めて部屋の中を見回す。

「私には立派すぎるけど……」

そもそもこの一部屋だけで、以前住んでいたアパートより広いのである。

「……いろいろあって、卒業してすぐに結婚することになりました……と」

夏帆はペンを走らせながら、自分が書いた文字を見て眉をひそめる。

「いろいろってなんだって、なるわよね……。おじさまだってそんなこと聞かされても困るだろうし」

だが住所も苗字も変わるのだから、一応結婚することだけは伝えておきたい。

気を取り直してまたペンを走らせる。

(お相手は、私がとても信頼している方です。私にはもったいない人です。私は未熟で、彼にとっていい奥さんになれるかどうか自信はないけれど、せめて隣に並べるような人間に成長したいと思います……。おじさま、寒くなりましたのでご自愛くださいね……)

夏帆は手紙を書き終えると、大事に封をした。

スマホの時間を見るとすでに夕方に差しかかっている。そろそろ夕食の準備の時間だ。今日は白臣との同居初日である。

(もしかしたら無駄になるかもしれないけど……)

夏帆は手紙をバッグに入れると、いそいそとマンションを出たのだった。


夜になって白臣がマンションに帰ってきた。彼は少し前からここに引っ越してきていたらしい。

「無事引っ越しが終わりました。今日からお世話になります」

マンションの玄関先で帰宅した白臣を迎える。

コート姿の白臣は、緊張しつつもぺこっと頭を下げる夏帆を見て、とろりと甘やかな快感が広がる。

「うん、よろしくね。俺の奥さん」

冗談めかしているが、彼の色気は駄々漏れだ。その視線を受けて全身が痺れるような快感が広がる。


「まだ奥さんじゃないですよ」

自分の口で奥さんと言うのも結構恥ずかしい。

「もうすぐだよ？」

「そっ、それはそうですけど……」

からかうような声色だが、夏帆にしたらたまったものではない。また無性にドキドキしてうまく息が吸えなくなる。白臣ばかりいつも余裕だ。

（もうっ、一方的にからかわれてばっかり……）

夏帆は大きく深呼吸して、それから改めて白臣を見上げた。

「記念すべき同居一日目なので、お食事を用意したんですが、その……お腹の具合はいかがでしょうか」

夏帆の引っ越し初日なので極力早く帰ってくると言っていたが、時計の針は八時前だ。普段はもっと遅いのだろう。

「忙しくて昼から食事はとってないんだ。だからなにか頼んでもいいかなって思ってたんだけど……」

そして白臣がダイニングのテーブルの上を見て、びっくりしたように目を見開いた。

「すごいな……これ全部、君が？」

アイランドキッチンに、夏帆が作った料理の数々がずらりと並んでいた。

見た目が華やかなちらし寿司と、高野豆腐と海老の煮物、ローストビーフサラダの柚子胡椒《ゆずこしょう》ソースに、根菜たっぷりの豆乳味噌《みそ》スープという、夏帆なりに頑張った渾《こん》身《しん》のメニューである。

（仕事で外食が多いって言ってたから、和食寄りがいいかなって思ったんだよね）

とはいえ美食の限りを知り尽しているに違いない白臣の口に合うのか、心配ではあるのだが。

なんだか無性に恥ずかしくなって、夏帆はおどけながら言葉を続ける。

「白臣さん、私に誘惑しろって言ったじゃないですか。古典的ですけど胃袋からつかんじゃおっかなって」

えへへと笑うと同時に、正面からいきなり抱き寄せられる。

「ひゃあ！」

思わず悲鳴をあげてしまったが、

「かわいいなぁ、僕の奥さんは。これは早々に誘惑されそうだ」

白臣の大きな手が、夏帆の後頭部をよしよしと撫でる。

口ではそう言っているが、これはまったく堕《お》ちてくれる気配がない、余裕のある態度だ。むしろ夏帆のほうが誘惑されている。

「ちょ、ちょっ……」

「僕は家事は外注でいいと思っているんだけど、なるほどこんなに嬉しいものなんだね。僕のためにいろいろ考えてくれたっていう事実が、大事なんだろうなぁ……」

こめかみのあたりに白臣が唇を寄せてささやく。

「ありがとうね、チビちゃん」

長身の白臣に抱きすくめられて動けないから、一方的に耳元で最高に甘く色気のある声を注ぎ込まれている。

「～～！」

心臓に悪い。鼓動がおかしいし、クラクラと眩暈《めまい》がした。

きゅん、とかいうレベルではない。ぎゅんぎゅんにときめいて息ができない。

「誘惑するのは私のほうなのでは⁉」

ヤケクソで叫ぶと、白臣がクックックッと体を震わせて「そうだった」と笑い始める。

「着替えてきてください。その間に温めておきますのでっ」

「ごめんごめん」

白臣は楽しげに笑って夏帆を抱きしめていた腕を離すと、そのままクローゼットルームへ向かっていったのだった。

「はぁ……」

白臣がリビングダイニングから消えて、ようやく息が吸える。頬どころか全身がカッカと燃えているようだが、いつまでもこうしてはいられない。

夏帆は頬を手のひらでパタパタとあおぎ、スープと煮物を温め、冷蔵庫から出したサラダやちらし寿司をダイニングテーブルに並べる。

それから間もなくして、シャワーを浴びた白臣が姿を現した。厚手のコットンのカットソーと上等なスウェットパンツに、カーディガンを羽織ったカジュアルスタイルだ。普段のスーツ姿の白臣もものすごくかっこいいのだが、シンプルカジュアルな私服もスタイルのよさが際立って見とれてしまう。雑誌からそのまま抜け出してきたモデルにしか見えない。

（かぁ……かっこいい……）

白臣を見るたびにかっこいいと思ってしまう夏帆だが、こんな調子で一緒に暮らせるのだろうか。

（やっぱりベッドを別にしてもらってよかったわ……）

ギリシャ彫刻みたいに整った人の隣で眠るなんて、どうやっても心が休まらない。

心身を休めるための睡眠なのに、寝不足間違いなしだ。本末転倒である。

自分の部屋に運ばれたセミシングルのベッドのことを思い出して、ホッと胸を撫でおろした。

「お酒は飲まれますか？」

ダイニングテーブルに向かい合って座り、問いかける。

白臣の趣味なのかもらいものなのかはわからないが、酒類はかなり充実していた。

おそらく普段はひとりで飲んでいるのではないだろうか。

だから夏帆としては白臣にはお酒を楽しんでもらっても構わないのだが、

「遠慮しておくよ。せっかく君との食事だし」

白臣はふふっと笑って、上品に手を合わせる。

「いただきます」

それからちらりとこちらを見たので、

「どうぞ召し上がれっ」

と、慌ててうなずいた。

白臣はまずスープの入った椀《わん》を持ち、優雅に唇に寄せひと口飲んだ後、パッと顔を輝かせる。

「おいしい！」

彼のおいしいという言葉に胸の奥がポッと温かくなる。

「よかったです。お代わりもあるのでぜひ」

夏帆が照れつつ笑うと、白臣もまた笑顔になった。

「本当においしいよ。ありがとう」

白臣の感謝の気持ちが伝わってきて、一瞬、涙が出そうになった。

（お食事、用意してよかったな）

自炊はしていたが、誰かのために作る料理ではない。生きるために食べているだけだ。だがこうやって、誰かが自分の作った料理をおいしいと言って食べてくれる。微笑んでくれる。

白臣は『僕のためにいろいろ考えてくれたっていう事実が、大事』と言っていたが、それは夏帆にとってもそうだった。

白臣が一緒にいてくれる。これから先もずっとひとりだろうと思っていた自分に突然訪れた幸福は、あまりにも手放しがたい魅力になっていた。

「ふわあ～手足を伸ばしてお風呂に入れるのって最高～……」

パジャマに着替えた夏帆が浴室から出ると、リビングのソファでタブレットを見ていた白臣が、立ち上がった。

「お風呂上がりになにか飲む？」

「あ、はい。お水を……」

「了解」

白臣はスタスタと冷蔵庫に向かい、中から見たこともないきれいな色の瓶《びん》を取り出した。白臣レベルになると水もおしゃれミネラルウォーターらしい。

「ありがとうございます」

緊張しつつ受け取り、ごくごくと飲んでいると白臣はそのますますいっとその場を離れて、手にドライヤーを持って戻ってきた。

「髪、ちゃんと乾かさないとだめだよ。ドライヤーしてあげるから座りなさい」

「えっ」

「さぁおいで」

気が付けば手を取られてソファーに座らされていた。そして彼は隣に座り、さっさとドライヤーをかけ始める。

(ひ、ひぇぇ～……!)

一応、自分でちゃんと乾かしたつもりだったのだが、確かに生乾きのようだ。

(どうしよう。だらしないって思われたかな……)

しょんぼりしていると同時に、白臣が長い指で髪を梳《す》き、地肌に触れる。

指先が首筋に触れるたび、息が止まりそうになる。

(このままでは私の心臓が爆発四散してしまう……!)

なにか会話を、と声を絞り出していた。

「そっ……そういえば白臣さん、定期的に運動とかしてるんですか?」

「え?」

「その……たくさん食べたのに、お腹ぺったんこだったから……すごく引き締まってて……すごいなって」

食後、白臣は『すごくおいしかったよ』と言いながら、引き締まったお腹をひらりと撫でていた。あれだけの料理がどこにいったのか不思議で仕方なかったのだ。

なにげなく尋ねて、次の瞬間、ハッとした。

「あっ、こういうのセクハラでしょうかっ」

「なんでだよ」

白臣が少し砕けた口調で笑い始める。

「大丈夫。セクハラじゃないよ」

そして白臣はさらに言葉を続ける。

「一応パーソナルトレーナーをつけてるけど、その程度だな。あと休日の朝はジョギングしたり、まとまった時間ができたらプールで泳いだり」

「えらいです……私、体を動かすことがあまり得意ではなくて。スタイルもよくないし……」

恋人も作る予定もなかったし、自分のスタイルがどうかなんてほとんど考えたことがなかったが、白臣の妻になるということは、彼に見られるということになる。となると、いかんせんボリュームに欠ける自分の体が気になっていた。

「一緒にジムに通う？　でも僕は君がどんな体型でも、健康であれば別に気にしないけどな」

白臣が軽く首をかしげて、そうっと夏帆のウエストを撫でた。健康であれば――なんて実に白臣らしい発言だが、パジャマ越しに触れる白臣の手に、やはり夏帆の心臓は破裂しそうなくらい跳ね回った。

「あ、あのっ……どっ、ドキドキするんですが……」

白臣はクスクスと肩を揺らして笑う。

「君が僕に誘惑されてどうするの」

「そうですけどっ」

夏帆はキーッとなりながら唇を引き結ぶ。

「とにかくっ、白臣さんはどこからどこを見てもきれいだけど、私はそうじゃないのでっ」

「そんなことないよ」

白臣は緊張している夏帆に優しく微笑む。彼の手は丁寧に、夏帆の髪をすくい上げた。

「まっすぐで美しい髪だ」

夏帆は髪を一度も染めたことがない。もちろん今どきの女の子らしく華やかに色を変えてみたいなぁと思ったことはあるのだが、美容師に『この髪は染まらないだろうねぇ……』としみじみ言われてから諦めていた。

それからはとりあえず自分の髪をこういうものだと受け止めていたが、白臣に褒められると嬉しくなってしまう。

「それは……自分で言うのもなんですけど、髪だけはきれいとよく言われます……」

半分は聞こえなくてもいいと思って口にしたのだが、白臣の耳には届いたようだ。

「髪だけじゃない。肌もきれいだ」

彼は丁寧に夏帆の髪を指で梳きながら、夏帆にはもったいないくらいの言葉を紡ぎ、うなじに指を這《は》わせ髪をすくった。

彼の手はずっと優しく夏帆に触れている。

「……あまり褒めないでください」

「正直な感想だよ。素直に受け取って」

彼の声はとても穏やかだった。

「君はとても美しい」

そして白臣は「目が小鹿みたいでかわいい」とか「手が小さくてかわいい。特に爪の形がいい」とかあれこれと言葉を尽くして、夏帆を褒めてくれたのだった。

夏帆といえば、ずっと照れっぱなしでモジモジしてしまったのは言うまでもない。

あれほど緊張していたのに、気が付けばすっかりリラックス状態になっていた。

「髪、あと少しで乾くよ」

白臣の指が夏帆の髪を梳く。

(白臣さん、本当に優しいな……)

相変わらずドキドキはしているのだが、なぜか唐突に――小さい頃、こうやって当たり前のように姉が髪を乾かしてくれていたことを思い出し、妙に懐かしい気分になった。

夏帆にとって白臣は幼い頃の平和だった時代の象徴でもある。

美しい姉と優しい両親。そして愛されて当然だった幼い自分。

気が付けば白臣に髪を乾かしてもらっていることを忘れて、ぼうっと思い出に浸っていた。

(それにしてもお姉ちゃん、今どこでなにしてるんだろう……)

連絡がないのは元気な証拠なのかもしれないが、もしかしてもう一生家族に会う気はないのだろうか。

七年前は『お姉ちゃんの顔なんて二度と見たくない』と夏帆は思っていたし、両親にもそう口にしていたが、両親はおそらくそうじゃない。

娘の幸せを心から願っているはずだ。

（お姉ちゃん、自分さえよければいいの……？）

家族を捨て、白臣も捨てた。なにもかも捨てて、それでも今は幸せにやっているのだろうか。

「…………」

気分が落ち込むと同時に、だんだん意識が重くなる。

業者がすべてやってくれるとはいえ、毎日朝から晩まで部屋の掃除をしたり断捨離をしていたので、疲れていたのかもしれない。

（眠い……）

お風呂上がりで体はぽかぽかしているし、さらに白臣に髪を梳かれる感覚が気持ちよくて、うとうとし始めていた。

こっくり、こっくりと舟をこぎ始めた夏帆だが、なんとか意識を保とうと頭を上げる。

（や、ここで寝ちゃだめ……だめなんだけど……）

「ふあ……」

あくびが出て、またこくり、と頭が落ちる。

隣で白臣がくすりと笑った気がしたが、そのまま夏帆はゆっくりと意識を失ったのだった。

「——疲れて寝ちゃったか」

白臣はゆらゆらと舟をこぐ夏帆に気づき、ドライヤーを止める。

次の瞬間、夏帆の華奢《きゃしゃ》な体がぐらりと反対側に倒れそうになったので、慌てて肩をつかみ自分のほうに抱き寄せた。

手のひらの下に感じる夏帆の熱は近い。

彼女が着ているパジャマとナイトガウンは、つい先日一緒に買いに行ったものだ。履いているルームシューズも同じである。

海外のナイトウェアブランドで、白臣もメンズラインを長年使っている。使い勝手がいいからとそのショップに連れていったのだが、夏帆は値札を見て『高すぎます……』と青ざめていた。

確かに学生の夏帆からしたら値段が張るように見えるかもしれないが、寝る時に着心地のいいものを身に着けるのは大事だからと言い含め、ネグリジェタイプやセパレートタイプのパジャマをいくつかと、ガウンも色違いで数枚購入したのだった。

それから洋服も買いに行こうと言ったが『とりあえず今日はこれで……』と遠慮さ

れてしまった。

仕方ないのでこっそりと、彼女のためのドレスや普段着、ちょっとしたお出かけの時に着る洋服、靴、バッグ、アクセサリー等々、百貨店の外商を通じて用意してもらうことにした。

(本当は、今すぐにでも頭の先からつま先まで、僕が買ったものを身に着けてほしいんだけどな)

肩にもたれてすやすやと眠る夏帆の顔をじっと見つめる。

夏帆はしきりに『私は地味だから』と口にするが、地味だと思っているのは本人と見る目のない人間だけだ。

普段からきちんと手入れしているのがわかる肌は抜けるように白く、髪は黒々としてまっすぐだ。伏せたまつ毛はびっしりと生えて黒く長く、物憂げに見える。

カラコンを入れているわけでもないのに黒目がちの瞳はキラキラと輝いて、小ぶりな鼻は慎ましく、唇は口角が自然に上がっていていつも機嫌がよさそうで愛らしい。

彼女が良家の令嬢だったのは十四歳までだったが、それでも染みついた上品さというのは消えてしまわないものなのかと、不思議に思う。

きっと環境だけではなく、夏帆本人が持つ美点なのだろう。

「──寝かせるか」

白臣はドライヤーをソファーの上に置き、起こさないように夏帆の体を抱き上げ、彼女の部屋へと移動する。

壁紙一枚、ラグ一枚でも、夏帆が落ち着くようにと白臣が吟味《ぎんみ》した部屋だ。

(このシングルベッドで、いつまでも心地よく寝てほしくないんだけど)

夏帆をベッドの上に横たわらせると、毛布をかけつつベッドの縁に腰を下ろした。

すうすうと穏やかな寝息を立てている夏帆は、普段より少し幼く見えるが、さすがに子供には見えない。きちんとした二十二歳の女性だ。

「僕は君がもう大人の女性だって、知ってるよ」

夏帆はちょこちょこと子供扱いするなと言うが、大人の女性扱いをされたら困るのは夏帆のほうだと白臣はわかっていた。

「おやすみ、夏帆」

丸い額にかかる夏帆の前髪を指でかき分け、顔を近づけてそうっとキスをする。

チビちゃんでもない、きちんと名前で呼んだその声は、眠っている夏帆の耳を柔らかくすぐったのだった。

『おやすみ、夏帆』

優しい声が聞こえる。

ああ、これは夢だ。小さい頃、お父さんに抱っこしてもらってベッドまで運んでもらった記憶を、都合よく脳内で白臣に置き換えている。

でも夢でもいい。彼の声を聞きながら眠りに落ちるなんて、こんな幸せなことはないのだから。

(白臣さん……)

夏帆はゆるやかに眠りに落ちながら、かつての懐かしい日々を思い出していた——。


槇家は緑の多い落ち着いた高級住宅地にあった。

婚約が決まってから季節ごとに双方の家を行き来しているのだが、子供たちは学生なので、あくまでも家同士の付き合いの一環である。両親は気を使っていたが、小学一年生の夏帆にとって、槇家への訪問は楽しいものだった。

「わぁ……!」

槇家の玄関ドア前のエントランスには、何メートルもあるもみの木が鎮座して、オーナメントがぶら下がっている。二階まで吹き抜けになっているので、かなりの開放感があった。

もちろん西條家もクリスマスツリーが飾られているが、これほどのものではない。夏帆がほわぁ、と声も出ないまま、あんぐりと口を開けて見上げていると、「チビちゃん」という優しい声とともに頭にぽんぽんと手のひらがのった。

上品なショートコートに身を包んだ彼は、どうやらたった今、大学から戻ってきたところらしい。

「お兄ちゃんっ」

顔を上げると彼はニッコリと笑って、その場にしゃがみ込む。

「お姉ちゃんと、パパとママはどうしたの?」

「みんなでおはなししてるの。かほは、ひとりであそんでなさいって……」

勝手に連れてきておいて、ひとりで遊べなんてひどいと思うが、夏帆はあまり口がうまくないので、不満を口にはできない。

だからひとりでふらふらしていたのだが、白臣と会えたのは嬉しかった。

「じゃあお兄ちゃんと遊ぶ?」

「でも……」

白臣と遊びたいのはやまやまだが、皆、白臣が帰ってくるのを待っていたはずだ。

夏帆が言いよどむと、白臣はまたニッコリ笑って、エントランスのもみの木を見上げた。

「これね、家族で毎日少しずつ飾り付けをしてるんだけど、ナオなんか面倒くさがって全然やらないんだよ。あいつ、かっこつけだから」

ナオ――というのは白臣の弟の直倫《なおみち》のことだ。高校生らしいが顔を見たことは一度もない。姉が言うには『ものすごくかっこいいけどツンツンしてる』ということなので、白臣とは違ってあまり愛想があるタイプではないのだろう。

「だからチビちゃんが手伝ってくれたら嬉しいな」

白臣はそう言って切れ長の目をニッコリと細める。それを聞いて夏帆はがぜんやる気になってしまった。

最近の姉は、友達を優先して夏帆と一緒に遊んではくれない。

だが白臣は別だ。たまにしか会えないけれど必ず夏帆と遊んでくれる。塗り絵をしたり、ピアノを弾いて夏帆の歌を聞いてくれる。

大好きな白臣お兄ちゃんが笑ってくれると、夏帆も嬉しい。

「うんっ」

夏帆は力強くうなずいた。

それから白臣と一緒にクリスマスツリーの飾り付けをすることになった。

白臣の腰のあたりまでの高さしかない、低めのはしごに立たせてもらって、白臣に支えてもらいながらオーナメントをつける。

「がいこくみたいだねぇ～」

「もみの木は毎年外国から輸入——運んできているんだよ」

「へぇ～……！」

天使のオーナメントを見つめながら、夏帆は神妙な顔をしてうなずいた。

〝白臣お兄ちゃん〟はお姉ちゃんと将来結婚の約束をしているという。お姉ちゃんと結婚したら、本当のお兄ちゃんになるのだ。もしかしたら夏帆の家のクリスマスツリーも、外国から運んでくるようになるかもしれない。

白臣とクリスマスツリーの飾り付けをする自分を想像しただけで、胸がドキドキし始める。

（はやくお姉ちゃんと結婚したらいいのに！）

ワクワクしながら白臣の横顔を見つめた。

はしごに乗っているので、いつもはうんと高いところにあるお兄ちゃんの顔が近かったせいだろうか。彼がどこか浮かない表情をしているのに気が付いた。

ここではないどこか遠いところを見ているような、迷子になってしまって途方にくれているような、そんな目だ。

(お兄ちゃん、どうしたんだろう?)

じいっと見てると、その視線に気づいたのか白臣がまたふっと柔らかく微笑む。

優しいお兄ちゃんの顔だ。

途端にいつもの白臣に戻ってしまった。

「チビちゃん、どうしたの?」

「――」

夏帆は無言のまま、言葉を唇を引き結ぶ。

もしかしたら今、自分が見たと思ったものは間違いだったのかもしれない。

夏帆は両親から『おっとりさん』と言われているし、姉からは『ぼんやりさんでしょ』とからかわれているような、ぼうっとした女の子なのだ。

(でも……でも)

ここで黙っているのはなんとなく嫌だった。大好きなお兄ちゃんが悲しい顔をしているのを見たくはない。

「お兄ちゃん、なんかげんきない」

「え？」

「ひとりぼっちみたいな、おかおしてたから……」

おそるおそる口にすると、白臣の顔がすうっと固まっていく。

今まで見たことがないその表情に、夏帆は言ってはいけない言葉を口にした気がして、全身が硬直してしまった。

「あ、あのっ……」

とっさに謝ろうとしたが、夏帆の脳裏にまた先ほどの白臣の横顔がよぎる。

そうだ。お兄ちゃんに必要なのは夏帆のごめんなさいではない。

寂しいと思った時に、ぎゅっとしてくれる人がそばにいてくれることだ。

夏帆は勇気を振り絞って口を開く。

「でもねっ、かほがいるよっ」

「え？」

「さびしくても、かほがいるからねっ。家族になって、お兄ちゃんとずっといっしょだからねっ」

姉と結婚したら、白臣は夏帆のお兄ちゃんだ。家族になったらずっと一緒にいられる。

「たのしいこと、いーっぱいしようねっ！」

精一杯、励ますつもりでそう口にすると――。

「うん……そうだね」

白臣はどこか力が抜けたように微笑んで、そのまま優しく夏帆の頭をぽんぽんと撫でてくれた。

「君と話すと、自分を偽らなくてもいいんだって思えるよ。チビちゃんはずっとこのままでいてほしいな」

言っている意味は半分もわからなかったが、このままでいてほしいという白臣の言葉はひっかかった。

「むぅ……このままじゃないもん。大きくなるもん」

「そうなの？」

白臣は目をぱちくりさせる。

「そうだよっ。大きくなったら、おひめさまになり――」

「お姫さまになりたい？」

ふたりの声が重なった。

その瞬間、夏帆はハッとして声をあげる。

「ハッピーアイスクリームッ！」

「チビちゃんは強いなぁ」

「ちびちゃんじゃないよっ」

「そうだね。お姫さまになるんだよね。さて、一緒にアイスを食べようか」

白臣はクスクスと笑って、目を細める。

「うんっ」

大好きなお兄ちゃんが笑ってくれて、ホッとした。アイスクリームを食べられるよりも、ずっと嬉しい。

大好きなお兄ちゃんにはニコニコしていてほしかった。


その後も、白臣は相変わらず優しかったし、ずっと大人だった。

何年経っても――。

子供といってもいい年から周囲からの期待に応え、ずっと大人のふりをして、好きな男と手に手を取って自分の前から逃げ出した花嫁すら、彼は黙って受け入れた。

だが本当は、白臣は〝わきまえ、諦めていた〟だけなのかもしれない。

（二十二にもなって、ようやく気が付いたかも……）

夏帆は浅い眠りから深い眠りへと移行する途中で、白臣のことを思う。
幼い頃、彼と家族になるのだと信じていた。
あれから七年。夏帆は成長し、自分が想像していたのとは違う形で彼と家族になる。
(白臣さんのこと……、幸せにしたいな)
彼は夏帆にそんなことを期待していないかもしれないが、それでもそうしたいと思う。
(頑張ろう……せっかく、夫婦になるんだから……)

「合コンに僕以上の男がいるとでも？」

週に一度のゼミに顔を出した後、いつものように大学の図書館で本を借りた夏帆は、学内のカフェでココアを飲みながら刺繍をしていた。

高級メゾンのロゴなどが一切入っていないグレーのハンカチだ。そこに白臣のイニシャルである〝A〟をグレーの刺繍糸で刺している。

（たいていのものは白臣さん持ってるから……）

ハンカチ一枚でも数万円の値段がついていて仰天したが、シンプルなハンカチなら使ってくれるかもしれない。

彼の持ち物のひとつにしてもらえたらいいな――と、そんな気持ちで丁寧に針を刺していると、

「夏帆～！　ここ、一緒に座っていい？」

ひとりの女子学生がウキウキした様子で声をかけてきた。由美だ。もちろん問題ない。

「どうぞ」

刺繍一式をバッグの中にしまい込み、彼女のためのスペースを作る。

「ありがとっ」

由美はサンドイッチとカフェオレがのったトレイを置いて、正面に腰を下ろした。

「お互い安心して年を越せそうだね～」

確かに内定ももらったし、だいぶ気楽だろう。

「でも卒論があるよ？」

「やだぁ、そんなこと言わないでっ！」

由美はきゅーっと眉根を寄せて唇を尖らせつつ、サンドイッチにかぶりつく。

「でも由美ちゃん、春先早々から準備進めてたじゃない」

「それはあたしがめちゃくちゃ効率が悪いってわかってるからだよ～。早めにやらないと土壇場《どたんば》で泣きを見るからね……はぁ」

由美は紙ナプキンで口元をぬぐい、それからニッコリ笑顔になる。

「まぁ、とはいえ世間はクリスマスシーズンじゃない？」

「そうだね」

「というわけで、今週末合コンをします」

「うん、由美ちゃんならすぐに彼氏できるよ。頑張ってね」

いつもの流れで由美を励まし、ココアを口に運んだところで、

「なに言ってるの、夏帆も行くんだよ？」

「けほっ！」

聞き捨てならない由美の発言に、思わずむせ返ってしまった。

慌ててテーブルの上の紙ナプキンで口元を押さえつつ、由美を見つめる。

「えっ、ごっ、合コンに私もっ⁉」

「うん」

由美は両手でカップを持ちニコニコと微笑んでいるが、夏帆の顔からさーっと血の気が引く。

「そ、そんなの無理だよ、私一度も行ったことないんだから！　行かないよ！」

もちろん夏帆もごく普通の女子大生なので、過去にその手の集まりに誘われたことは何度もある。だが彼氏が欲しいなんて思ったこともない夏帆は、今までずっと断り通してきたのだ。

由美もそれを知っているはずだが、

「じゃあ生まれて初めての合コンだね～」

と、まったく知らないふりをしている。

「や、だから無理だってば～！」

（だって私には白臣さんがいるしっ！）

一応、来年結婚予定の身であるからして、男女の出会いが目的である合コンに参加するなんて、よくない。絶対にしてはいけないことだ。

ぷるぷると首を振ると、途端に由美がしょぼんとうなだれたように肩を落とす。

「やっぱり夏帆も、いつの間にか彼氏作ってたんだ？」

「えっ」

彼氏と言われると違うが、やはりギクッとしてしまう。

するとそのあいまいな態度が、由美になにかを気づかせてしまったらしい。

「みんな彼氏どころじゃないって言いながら、あたしを置いてけぼりにするんだぁ～……！」

「ちょ、ちょっと由美ちゃんっ……」

カフェでぴえぇと声をあげる由美に、夏帆は慌てて椅子から腰を浮かせていた。

「クリスマス前だから、よさげな合コン相手見つけるのほんと大変だったんだよっ、これが最後のチャンスなの！　お願い、顔を出すだけ、いてくれるだけでいいからっ！　あたしの学生生活最後のクリスマスがかかってるの～！　一生のお願いっ！」

　由美は両手を顔の前で合わせ、必死に頭を下げる。

　だめだと言ってもまったく引いてくれないその様子に、もう断り切れなくなってしまった。

　そもそも夏帆は押しに弱い。

「うっ……わ、わかった……座ってるだけだよ？　彼氏は募集してないからね？　由美ちゃんの付き添い枠だよ？」

　その瞬間、由美はパッと表情を明るくして椅子から腰を浮かせ、夏帆の手を取りぎゅうっと握りしめる。

「ありがとっ！　持つべきものは心優しき友達だねっ！」

「もう……」

　夏帆はあははと笑いながら、うなずいたのだった。


（さすがに白臣さんに合コンに行きます、なんて言えないよね……）

　合コンを翌日に控えた木曜日、夏帆は夜食のなべ焼きうどんの準備をしながら、ぎゅっと眉間に皺《しわ》を寄せた。

　長ネギを斜め切りしながら、コンロの上のひとり用の土鍋に埋めていく。

「っていうか、そもそも白臣さん気にしなそうだし……」

大人の白臣からしたら、学生の合コンなど子供の遊びの延長ではないだろうか。逆に『そんなことをわざわざ伝えて僕に嫉妬してほしい？　誘惑っていうのはそういうもんじゃないよ』と笑われそうな気がする。

白臣が嫉妬するわけがない。

嫉妬するかもなんて考えてしまう、己の自意識が恥ずかしい。

（うん……わざわざ言わなくていいわね。友達とごはんに行くとだけ伝えよう）

後ろめたい気持ちがあるからごまかしていると自分でもわかっていたが、由美と約束してしまった今はもう断れない。

いろんな感情を自分の心の中で解消しつつ、かまぼこを切り、卵を土鍋に割り入れたところで、

「なにをどう気にしなそうなの？」

「ひゃっ！」

背後からいきなり抱きしめられた夏帆は、その場で跳び上がらんばかりに驚いてしまった。肩越しに振り返ると、コート姿の白臣がニコニコ立っている。

「びびびび、びっくりしたぁ……！」

心臓がバクバクして、口から飛び出しそうだった。

「ただいま」

「おっ、お帰りなさい……」

布巾で手をぬぐいながら「気づかなくてごめんなさい」と白臣を見つめると、彼はふっと笑って体を離し、顔を覗き込んでくる。

「大丈夫。それより気にしないってなに?」

「それは……えっと、実は明日の夜、友達に食事に誘われて、ですね……」

夏帆がしどろもどろになりながら答えると、

「あぁ……。遊びに行くことを僕に悪いなって思ったけど、同時に僕は気にしなそうだって思ったたってことか」

白臣が先回りして答える。相変わらず理解が早くて助かるが、今はちょっとだけ後ろめたい。

(遊びっていうか、合コンなんだけど)

夏帆が目線を落とすと、夏帆の頬を指の先で優しくくすぐった。

「僕も明日は会議の予定があるから、帰りは遅いだろうし。楽しんでおいで」

「はい……。ありがとうございます」

こくりと小さくうなずいたが、それでも白臣は遠慮していると思ったのだろう。

「本当に気にしなくていいんだよ。学生時代の友人は大事だからね」

と上品に微笑んだ。

「——白臣さんにも、そういう友達がいるんですか？」

彼から友人の話は聞いたことがないが、白臣が大事だと思っている友人なら、いずれ会う機会があるかもしれない。

「いるよ。つかみどころのないふわふわしたのから、優しいけど不器用で素直になれない男とか、生意気なのとか、偉そうなのとか、粘着質なのとか」

あまり褒めていない気がするが、白臣は優しい顔をしていた。その友達たちのことが本当に好きなのだろう。

「色とりどりですね？」

ちょっとコミカルな言い回しに思わず笑ってしまった。

「その、ふわふわした先輩が作ったバッカスの会っていうサークルがあるんだ。世界中どこにでも集まって酒を飲むだけの会なんだけど、面白いよ。そのうち君も連れていってあげる」

「はい、楽しみにしています」

夏帆がこくりとうなずくと、白臣も優しく目を細めて、夏帆の背後を覗き見る。

「ところでそのおいしそうな鍋焼きうどんだけど」

「白臣さんの分ですよ。食べられますか?」

「もちろん。じゃあシャワー浴びてくるね」

白臣は少し弾んだ声でそう言って、くるりと踵を返しバスルームへと向かった。

「はぁ……」

なんとなく気分が重い。とりあえず彼から許可をもらったが、やはり後ろめたい気持ちがぬぐえない。

(やっぱり嘘つくなんて体に悪いよ……。せめてなるべく早く帰ろう)

白臣の背中を見送りながら、夏帆はまたさらに深いため息をついたのだった。


そして合コン当日。夏帆は最低限の身支度を整えて渋谷駅へと向かった。さすがにクリスマス前の渋谷は人でごった返していて、待ち合わせ相手を探すのも大変だ。

「夏帆! こっちだよ~!」

「由美ちゃん、お待たせ。すごい人だね!」

人々をかき分けながら、スマホ片手に手を振っている由美に近づき、彼女の姿を改めて見つめる。

「気合入ってるね」

「あったり前でしょ。今日の合コンに賭けてるもん」

由美はわざとらしく顎のあたりに指を置き、ふふっと微笑んだ。

言葉通り、由美はファッション雑誌から抜け出してきたような気合の入ったコーデで、髪色も黒から淡い栗色に染めている。爪の先も淡いパールに輝いていて、どこから見ても男ウケ抜群だ。

「うん、すっごくかわいい」

夏帆がそう口にすると、

「夏帆は清楚《せいそ》を絵に描いたような感じだよね～。いいねっ」

由美はニコニコしながらそう口にし、ぐっとサムズアップした。

「やだな、付き添いなんだから、私はいつも通りだよ」

夏帆は苦笑して首を振る。

合コンだからといっておしゃれはなにひとつしていない。

カシミアが混じったコートの下は、ネイビーカラーのコーデュロイ素材のワンピースだ。髪だってハーフアップにして後ろで留めているだけである。靴とバッグだけは白臣が用意してくれたカノーロの高級ラインのものなので、特別といえば特別だが。

由美がスマホを覗き込んで「あっ」と声をあげる。

「ほかのメンバー、もう先に着いたみたい。っていうか、待ち合わせより二十分も早いよ」

女子メンバーは、由美のアルバイト先の友達らしい。ちなみに合コン相手のことは興味もないのでまったく聞いていない。

「タクシー乗ろ。私、ヒールだからたくさん歩けないし」

「うん、そうだね」

夏帆は由美とうなずきあって、タクシー乗り場へと向かった。

タクシーは五分ほど走ってホテルの正面玄関に到着する。ごく普通のシングルルームでも五万円はする、ラグジュアリーなホテルだ。友人と一緒に一階のカフェには行ったことがあるが、上の階に上がったことは一度もない。

「えっ、ここなの？」

戸惑いながら問いかけると、

「今日の合コン場所、スカイラウンジなの。相手、社会人だからさ。全部向こうで手配してくれたんだよ。うるさくないしいいよねっ」

由美は機嫌よくニッコリと微笑んだ。

合コンというのはほかの大学の男子学生とするものだと思っていたが、どうやら違ったらしい。

（そっか……社会人か。大学生とは限らないんだ）

若干緊張しながら、エントランスからエレベーターに乗り込んだ。

スカイラウンジは地上三十二階にあった。エレベーターを降りたすぐ目の前に夜景が広がっていて、一瞬目を奪われる。

こんな高いところから東京の夜景を見たのは久しぶりだ。

「うわぁ……」

思わず感嘆の声を漏らすと、由美もはしゃいだように窓際に駆け寄って隣に並ぶ。

「ほんときれ～だよね！」

そうしてふたりで少しだけはしゃいだ後、「いこっ！」と由美に手を引かれてラウンジに入る。中は吹き抜けで天井が高く、窓一面がガラス張りになっており、どの席でも夜景を楽しめるよう、席は段差で分けられていた。

「お待たせしました～！」

由美が窓際のテーブルの集団に声をかける。男性が四人、そして由美の友人たちがすでに腰を下ろしていた。

「大丈夫だよ、早く着きすぎたのはこっちだし」

サラリーマンたちは、二十代半ばくらいだろうか。スーツの男性がふたり、残りのふたりはシンプルカジュアルな服装だ。

（これが合コンかぁ……）

自分に注がれる値踏みするような視線に、夏帆は作り笑いを浮かべる。

だが夏帆も七年前までは、そういう目で見られることもあったのだ。

バレエやピアノの発表会、お茶会やチャリティーパーティー。姉とふたりで母の選んだちょっとシックな服やドレスを着て、多くの人間と交流を深めた。

あの時は〝将来性〟を推し量られている雰囲気があったが、合コンも同じようなものだろう。容姿や身に着けている服飾品でその人物を評価し、〝ありｏｒなし〟を脳内で判断する。

（二時間くらいしたら帰らせてもらおう）

そうすれば白臣をいつも通り出迎えられる。そう思いつつ席に着いた。

「出会いにかんぱーい！」

「乾杯！」

タブレットで飲み物や食べ物を注文し、幹事の男性がグラスを掲げて、全員がそれに合わせる。夏帆もギクシャクしながらも、注文したオレンジジュースが入ったグラスを目の前の男性と合わせた。

さっそくテーブルを挟んで軽く自己紹介になる。男性の幹事は由美と知り合いで、SEをしているらしい。あとは製薬会社勤めと広告代理店、そして看護師という四人だった。

最初は趣味や最近はまっている音楽、それから男性たちの仕事の話などを聞いていたが、酔いのせいか、気が付けば話題は次第に少しずつ際どいものに変わっていった。

「夏帆ちゃんは、初恋っていつ～?」

広告代理店の男性に問われて、脳内に浮かんだのは、当然白臣だった。

「ええっと……幼稚園、かな」

クラッカーをかじりながら答えると、全員が「かわいい～!」とはしゃぎ始める。

「じゃあ、ファーストキスは?」

「えっ⁉」

「誰と、いつどこで?」

男性幹事の発言に、夏帆は一気に真っ赤になってしまった。

「や、それはっ……えっと……その……」

当然、夏帆のファーストキスも白臣で、しかもそれほど前ではない。わりと最近である。

結婚することを承諾したあの日、副社長室で唇を奪われた。触れるだけの口づけだったが、ひっくり返りそうなくらい驚いたし、今でも思い出すだけで胸が締め付けられるし眩暈はするしで、平静ではいられなくなってしまう。

「いや、それは、その」

だがこんなことを話せるはずもないし、なにより白臣のことを知らない人に話すのは気が引けて、ごにょごにょしたあげく口ごもる。

「夏帆ちゃんってウブだよね。ちょーかわいい」

そんな夏帆を見て男性陣がはやし立てる。

「もしかしてチューしたことない?」

「お嬢さまっぽいもんね」

「処女だったりして」

さらにほかの男性たちが夏帆をからかい始めて、余計また顔が熱くなった。

(しょ、処女って……そうだけど、そうだけど～!!)

暑いわけでもないのに背中がじわっと汗ばんできた。

「もうっ、夏帆のことあんまりからかわないでよ〜！」

由美が助け舟を出してくれなかったら、席を立って逃げ出していたかもしれない。

「や、ほんともう、その辺で許してください……」

夏帆は手のひらでパタパタと顔をあおぐ。アルコールなんか一滴も飲んでいないのだが耳まで熱かった。

（ああ〜もう、やっぱり私には合コンなんか無理だった。荷が重すぎる！）

モジモジしていると、広告代理店勤務だと言っていた男性が椅子から立ち上がり、

「じゃあ、席シャッフルしようか！」

と空気を変えた。

「賛成〜！」

酔って頬を赤くした女子たちも、軽いノリでいっせいに立ち上がる。

「あっ……」

夏帆もつられて立ち上がりかけたが、動かないまま気が付けば左右を男性に挟まれていた。

「夏帆ちゃん、飲んでる？」

「いえ、お酒はちょっと」

まったく飲めないわけではないが、弱い自覚があるので外で飲まないようにしている。

遠慮する夏帆を見て、

「少しくらいいいじゃん。飲みやすいものもあるよ」

男性たちはタブレットを手に取り、オレンジ色のショートグラスを注文してくれた。

「はい、どうぞ。これジュースみたいなもんだから」

「酔ったとしてもちゃんと介抱してあげるって」

「えっ……あ、はい。ありがとうございます……」

注文されてしまったのなら仕方ない。

ひと口だけ口をつけようと、グラスを持ち上げた次の瞬間――。

上から伸びてきた手がグラスを取り上げてしまった。

「?.?.」

いきなりのことに何事かとそのまま顔を上げると、夏帆の背後に見覚えがある男性が立っていた。

グレンチェックの華やかな三つ揃えのスーツ、胸元にはネクタイと同じえんじ色のチーフをあしらっている。身にまとった仕立てのいいスーツは、今朝見たものとまるで同じだった。

彼は夏帆から取り上げたグラスを持ったまま、切れ長の目を細める。

「他人にアルコールを強要するのは、マナーに反するね」

そしてグラスの中身をあおるように飲み干してしまった。

「あぁ……このご時世に、スクリュードライバーをジュースみたいなものだなんて飲ませる、古典的な手を使う男がいるんだな」

軽蔑をたっぷりのせたその眼差しに、男たちが体を強張らせ、

「あ……白臣さんっ……⁉」

夏帆は驚きすぎて、声がひっくり返ってしまった。

そう、白臣だ。槇白臣がなぜか夏帆の背後に立って、ため息をついている。

突然現れた白臣に、テーブルは凍りついた。だが女子たちは即座に「きゃあっ！」と黄色い悲鳴をあげる。

「ちょっ、夏帆ちゃん、その人知り合いなのっ⁉」

「めちゃくちゃイケメンじゃんっ！」

「セレブっぽい！　かっこいいっ！」

アルコールが入っているせいか、女子たちはいっせいに色めき立つ。

突然の乱入者に不満を口にする女子はひとりもいなかった。いや、男性たちですら、白臣の迫力に押されて黙り込んでいる。

それもそうだろう。夏帆は彼のことを幼稚園児の頃からかっこいいと思っていたし、成人を過ぎた今だって最高に素敵だと思っている。

今も昔も槙白臣を〝イケてない〟なんて思う人はいないはずだ。

「あっ、えっと……その」

だがさすがにこの状況で、この素敵な彼が一緒に住んでいる来年結婚予定の男性だなんて言う勇気はなかった。

(だって、明らかに私は白臣さんに不釣り合いだし……)

しどろもどろになる夏帆を見て、白臣は小さくため息をつく。

「おいで」

「えっ?」

白臣は夏帆の足元の荷物を手に取り、夏帆の腕をつかんで立ち上がらせた。

強い力で、拒否する間もなかった。

不穏な気配を感じて体が強張る。

「槇さま、なにか不手際がございましたでしょうか」

そこに黒服のウェイターが近づいてきた。彼は少し緊張した顔をして、シックなワインレッドのコートを白臣に差し出しつつ、控えめな声で問いかける。

「いや、問題ないよ。このテーブルの支払いはすべて僕につけておいて」

コートを受け取った白臣は緩く首を振った。

ウェイターは目の端で合コンのテーブルをちらりと見た後、「畏まりました」と丁寧に頭を下げて立ち去る。

白臣は改めて夏帆の肩を抱き直し、テーブルに残された全員に向かって優雅に微笑んだ。

「楽しい時間を邪魔してすまない。彼女は僕の大事な人なんだ。知らない男に飲まされているところを見るのが、気に障るくらいにね」

柔らかな毒を含んだ言葉に、その場の空気が変わる。

白臣が誰だか知らなくても、先ほどのウェイターの恭《うやうや》しい態度や、彼の言葉遣いや雰囲気で理解できただろう。この人は〝特別〟だと。

「きゃあっ！」

女子たちはまたいっせいに黄色い悲鳴をあげた。

さすがにこうなってしまったら、合コンにはこれ以上参加することは難しい。

「ごめんなさい、私先に帰りますっ」

夏帆はテーブルの全員に向かって深々と頭を下げる。

「気にしないで~また今度詳しい話聞かせてねっ」

由美が笑って手を振り見送ってくれた。


(どうしよう……!)

白臣に肩を抱かれたまま、バーを出てエレベーターを待つ。到着するのを待っている時間が、永遠のように感じた。

とにかく気まずい。なにか口にしないと間が持たない。

「あの……どうして、あそこに?」

おそるおそる問いかけると、

「仕事の付き合いでVIPルームにいたんだ。客を見送って帰ろうとしたところで君を見つけた」

白臣はまっすぐに前を向いたまま答える。いつだってこちらの顔を見て話す白臣には珍しい態度だ。

「そう、だったんですね……」

そんな偶然があってたまるかと思うが、渋谷にはカノーロの本社があり、このホテルまでも徒歩圏内だ。あり得ない話ではない。

「その……ごめんなさい」

「──なにが？」

白臣はエレベーターの表示を見上げたままささやく。

なにがもなにも、彼の端整な横顔は硬いし声も少し強張っている。どう見ても呆《あき》れられている。軽蔑されたかもしれない。そう思うと猛烈に泣きたくなった。

（でも、仕方ないわよね……）

これは夏帆がやってしまったことなのだから。

恥ずかしくて、このまま逃げ出したいが、さすがにそういうわけにもいかない。

大きく深呼吸をして、なんとか声を絞り出す。

「合コンだって知ってて行ったんです。後ろめたいのもあって、白臣さんは気にしないだろうって、隠してました」

夏帆の肩を抱いている白臣の指に、力がこもる。

「黙ってでも行きたかった？　合コンに僕以上の男がいるとでも？」

どこか拗ねたような物言いだった。

「えっ⁉」

夏帆は白臣の言葉を聞いて仰天する。

「まさか……! 合コンだって聞いて最初は断ったんですけど、どうしてもって頼まれて……付き添いってことでOKしたんです。でも、やっぱり断るべきでした。逆の立場だったら……私は、やっぱり傷つくと思うから……」

白臣が自分に黙って『付き合いだから』と合コンに行って、女子に挟まれていたら絶対に悲しい。泣いてしまう気がする。

自分たちは愛し合っている恋人同士じゃないしとごまかしていたが、夫婦になる以上、信頼関係は大事だし、自分がされて嫌なことはしないほうがいい。

「ごめんなさい、白臣さん……」

謝罪の言葉を口にした瞬間、夏帆の目に涙がにじんだ。

「ごめんなさい……」

もう一度声を絞り出すと同時に、押し出されたように涙がぽろりとこぼれ落ちた。

「……っ」

そんな自分の涙に驚くとともに、子供っぽい自分に嫌気がさす。

やってはいけないことをしたのは自分なのに、泣くなんて卑怯《ひきょう》だ。

慌てて涙をぬぐおうと手の甲を持ち上げると、そのまま手首がつかまれた。

泣くことも許されないのかと、胸がぎゅっと締め付けられて苦しくなる。

だがその手をぐいと引っ張られ、バランスを失った夏帆の体は、白臣の胸に抱きこまれてしまって——。

「っ……」

驚いて顔を上げると、思った以上に近く、白臣の顔があった。

突き飛ばされると思っていた夏帆は、息をのむ。

「ごめん。大人げなかった」

「え……?」

白臣は眉間に皺を寄せ、それから夏帆の頬を伝う涙を指でぬぐう。

「君を責めたり、泣かせるつもりはなかったんだ。本当にごめん」

その優しい仕草に内心胸を撫でおろしたが、大人げない白臣なんて初めて見たので、少しびっくりしてしまった。

「そんな……」

夏帆はふるふると首を振った。

「僕を許してくれる?」

「――はい」

だって、白臣はなにも悪くないのだから。

小さくうなずくと、白臣は苦笑して長いまつ毛を伏せた。

「ほんと、かっこ悪いところを見せてしまったな」

「えっ」

かっこ悪いと言われて仰天した。だって、白臣がかっこ悪いことなんかひとつもない。

『合コンに僕以上の男がいるとでも?』

傲慢とすら取られそうなセリフを口にしても、彼は魅力的だった。

端整な姿かたちをしていてもただの優男ではない、そういうカリスマ性を見せつけられた気がした。

やはり槇白臣は、生まれながらの王子さまだと思わされたくらいだ。

「でも……少し意外です」

「ん?」

目の縁を赤くしたままの白臣が、腰に手を当てて首をかしげる。

「白臣さんが、大人げないことするなんて考えもしませんでした」

ホッとした夏帆がへらっと笑うと、白臣の顔がすうっと引き締まっていく。

「そうだね。たかが学生の合コンに頭に血を上らせて……君の前では、僕も普通の男になるんだなって、思い知らされる」

少しかすれた声にはたっぷりと色気がのっていた。

彼の声を聞いて、首の後ろがそわっとする。

「え……？　んっ……」

次の瞬間、白臣は夏帆の肩を抱き寄せ、覆いかぶさるようにキスをしていた。

エレベーターが開き、白臣はそのまま夏帆を片腕で抱いて中に乗り込む。

「ん、んっ……」

夏帆はじたばたと体をよじらせたが、白臣がそのまま手のひらで叩くようにしてボタンを押す。いつも上品な白臣には似合わない振る舞いだ。

引きずり込まれたエレベーターの中に人がいなかったのは僥倖《ぎょうこう》だが、いつ誰が乗り込んでくるかわからない。いや、一階に着けば絶対に誰かに見つかる。白臣は仕事で来ていたのだから、知り合いに見られてしまうかもしれない。

学生でしかない自分はまだしも、白臣にとっていいことはなにひとつない。

「だ、めっ……」

唇が離れた一瞬、彼の胸を押し返したが、白臣はつかんでいた手を離すと、両腕でしっかりと夏帆を抱きしめてしまった。

「なにがだめなんだ」

白臣の甘く低い声が耳元で響く。

「僕は君の夫になる男だ」

冗談めかした声色だったが、彼の漆黒の目は濡れたようにキラキラと輝いている。

「白臣、さん……」

こんな目で見つめられたら勘違いしてしまいそうになる。まるで本気で彼が自分を求めているような気分になる。

そんなはずがないのに。

彼は結婚するのに都合がいいから、夏帆を選んだだけ。

夏帆に恋をしてほしいと言ったのは、他者から円満に見える結婚生活を送りたいから。期待してはいけない。

そう自分に言い聞かせながら、目を伏せる。

「で、でも、白臣さんの仕事関係の人とか、いるかもしれないし」

「――」

ただ勇気を振り絞っただけなのだが、白臣は少しの間、無言で夏帆を見つめた後、軽くため息をついた。

「君は冷静だな」

白臣は微笑していたがなぜか突き放された気分になって、胸が締め付けられる。

「いつもはチビちゃんだって言うくせに」

少し拗ねた気分になって唇を尖らせると、白臣がふっと笑って表情を緩め、そのまま夏帆の頭をぽんぽんと叩く。

「気に入らない？　でも僕はそういう君もかわいいと思ってるよ」

「かわいいって」

嬉しくないわけじゃない。だが夏帆はひとりの女性として彼に尊重されたいのだ。

だがそれはあまりにも、わがままかもしれない。

モヤモヤしているうちにエレベーターがエントランスに到着し、扉が開く。

ふたりきりという、閉じた空間の中の濃密な空気が薄くなっていく。白臣はふっと気を抜いたように表情を和らげた。

「お腹空《す》いたなぁ」

その一言はふたりの日常に戻ろうと告げる合図だ。白臣の気遣いなのだろう。

正直冷静にはなれないが、夏帆もその提案に甘えるしかない。体にはまだ白臣のキスの感覚が残っていたがどうしようもない。

「実は、夜食に和風ミネストローネを作ってます」

夏帆の言葉に白臣はパッと表情を明るくする。

「よし。じゃあ僕たちの家に帰ろう」

白臣は夏帆の手を握り歩き出す。

「はいっ」

『僕たちの家』

すべてが思うように、とはいかないが、その言葉にどうしようもなく胸が弾む。

夏帆も大きくうなずいて、白臣と肩を並べて大きく一歩を踏み出したのだった。

「寝かしつけてあげる」


合コン騒動でちょっとしたすったもんだはあったが、それからふたりの生活はわりと平穏に、何事もなく過ぎていった。

あれ以降、男女の触れ合いはまったくないが、穏やかな時間が過ぎている。

ようやく同居生活に慣れた気がする――そう思っていたとある日の夜のこと。

「チビちゃん！」

「ひゃっ……!?」

完全に寝入っていた夏帆は、大きな声に驚いてベッドから飛び起きた。

何事かときょろきょろすると、部屋のドアが開き、白臣がスマホを片手に立っていた。ただ事ではない雰囲気だ。

「白臣さん……どうかしたんですか？」

目をこすりながら問いかけると、真顔の白臣は夏帆のベッドに大股で近づいてきて、スマホを差し出す。

いつもの白臣なら寝ている夏帆を起したりはしない。実際、彼の顔はかなり強張っていた。

なにか緊急の事態が起こったのかもしれない。

この瞬間、睡魔は完全にぶっ飛んでしまった。

「お義父さんからだ。君が出ないから僕にかけてこられた」

「っ……！」

（まさか、お母さんの容態が急変したとか……⁉）

夏帆は差し出された白臣のスマホを手に取り、耳に押し当てる。

「もっ……もしもしっ……⁉　なにがあったの⁉」

『――夏帆、落ち着いて聞きなさい。春海が……春海が帰ってきたんだ』

落ち着けと言う電話の向こうの父の声は、かすかに震えていた。

『ハルミガカエッテキタンダ』

一瞬、なにを言われたかわからなかった。

「え？」

父の言葉を何度も頭の中で反芻する。

そしてようやく聞き取った音の意味を理解して、全身からすうっと血の気が引いた。

姉が――七年前、家族を、白臣を捨てて逃げた姉が、再び家族の前に帰ってきたという。

「えっ……お……お姉ちゃんが？」

頭の中は真っ白になり、耳の奥でキーンと耳鳴りが響く。

「あの時一緒に逃げた男の人と一緒なのっ⁉」

『いや、ひとりだった。彼はどうしたのかと聞くと、話したくないと言われたから……まぁ、そういうことなんだろう』

父は重々しい口調でそう言い、はぁ、と深いため息をつく。

「……そういうことって」

そういうことというのは要するに〝終わった〟ということなのだろうか。だが確かに別れてしまったのなら、帰国する理由にはなるかもしれない。

「……お姉ちゃんが」

このまま一生会えないかもしれないと思っていたのに、まさかの展開に頭がついていかない。

「チビちゃん……」

白臣が心配そうに夏帆の顔を覗き込んできたが、夏帆は彼に対してなにひとつ言葉に発することができなかった。

「それで、お父さんはお姉ちゃんとは会ったの……？」

『ああ……』

「私も話せる？」

おそるおそる尋ねると、スマホの向こうの父が声を落とす。

『もうホテルに帰ったよ』

「そう……」

自分から尋ねておいて、少しだけホッとしている。

話したいこと、聞きたいことはたくさんあるはずなのに、正直、姉が電話口に出てもどう尋ねたらいいのか、全然わからなかった。

『お母さんに会った後、数日中に東京に行くとは言っていた。お前に会いに行くのかな……。まぁ、私たちも突然のことで、なにがなんだかなんだが……。わかりしだい改めて連絡するよ』

「う、うん……わかった」

夏帆はうなずいてそのまま電話を切る。

「はぁ……」

どっと疲れて、思わず深いため息をついてしまった。

「チビちゃん」

肩に手がのる。顔を上げると、白臣の心配した漆黒の瞳と視線がぶつかった。

唐突に自分が今、ひとりではないことを思い出した。

そうだ。白臣に話さなければならない。

「あの……お姉ちゃんが帰って、きたって……」

しどろもどろに口にしたが、

「聞いたよ。お義父さん、かなり動揺されていて要領を得なかったけど」

そう言う白臣はまったくいつも通りだった。どうやら夏帆のほうがよっぽど動揺している。

「そう、ですか」

白臣も当事者だ。関係ないわけがないので、父も話したのだろう。

(どうしよう……頭、真っ白なんだけど)

なにかを言わなければならないと思うのに、思い浮かばない。

必死に言葉を選んでいると、ぽん、と頭の上に手のひらがのった。

「チビちゃん、ホットミルクでも飲もうか」

「え……あ、はい」

ベッドから下りてキッチンへと向かった。

白臣はテキパキとマグカップに牛乳を注ぎ、電子レンジにかける。そして美しいカットが施されたグラスを取り出すと、ブランデーを数センチほど注いだ。

（珍しい……）

今まで白臣は夏帆の前でお酒を飲んだりしなかった。なんともないように見えるが、やはり彼も彼なりに動揺しているのかもしれない。

「熱いから気を付けて」

レンジが終わったマグカップを受け取り、温められたミルクの香りと立ち上がる湯気の向こうの白臣を見上げた。

「私も……お酒がいいです」

酔えるものなら、いっそ前後不覚になるまで酔ってしまいたい。そんな気分だった。

「――」

白臣は一瞬目を見開いたが、一度置いたブランデーの瓶をつかんで、ホットミルクに少しだけ注ぎ、蜂蜜《はちみつ》を足す。

「これでいいね？」

物言いは優しかったが、有無を言わさない圧を感じる。

白臣はいつだって優しいので、自分が勝手にそう思っているだけかもしれないが。

「――はい」

ブランデーは香りづけ程度だった。不満だったが仕方ない。今の自分にはこれがお似合いということなのだろう。ティースプーンでくるくると蜂蜜を混ぜながらうなずいた。

白臣は立ったまま、グラスを上からつかんで唇をつける。その視線は熱を帯びたまま、まっすぐに夏帆に向けられていた。

いつもの上品な白臣とは少し違うワイルドな空気に、胸がぎゅうっと締め付けられて苦しくなる。

――ドキン……ドキン……。急に心臓が跳ね始める。

いつも上品な白臣だが、色気が駄々漏れになっていることに気づいていないようだ。

普段の彼は自分を律しているのだと思うと、こんな状況ではあるが、白臣の素の部分を垣間見られたようで少し嬉しい。

気を取り直して白臣に向き合う。

「えっと……お姉ちゃん、東京に来るって」

「来る？」

白臣がかすかに眉をひそめた。

「なにをしに来るんだろう……全然わからないんです」

夏帆の言葉を聞いて白臣は一瞬口を開きかけたが、そのまま口をつぐんだ。

無言でお互いの飲み物を口に運ぶ。

時計の針の音がやけに耳に触る。

ふたりの間に微妙な沈黙が流れているが、結局空気を変えるような言葉を思いつかなかった。

「ごちそうさまでした」

諦めて、空になったマグカップをシンクの上に置く。

「寝れそう？」

白臣が探るように尋ねた。

「――はい。おやすみなさい」

まったく眠れる気配はないが、他人に甘えるのが下手な夏帆は、えへへと笑いつつ小さくうなずく。

「うん。おやすみ」

そして白臣は先に寝室へと戻っていった。

(このくらい自分でなんとかしなくちゃ……)

マグカップを洗ってから部屋に戻りベッドに潜り込んだが、当然眠れるはずもない。目は爛々《らんらん》とする一方で、毛布にくるまったまま寝返りを繰り返していた。

(お姉ちゃん、どういうつもりなんだろう)

家族を捨てて逃げた姉とどんな顔をして会ったらいいのか、わからない。正直言って、もう二度と姉とは会えないかもしれないとすら思っていたのだ。もし自分が姉の立場だったら、連絡なしに家族にいきなり会おうなんて考えもしない。まずは手紙なりなんなりで相手に自分の気持ちや状況を伝えて、返事を待つだろう。

(でも、お姉ちゃんは〝人に嫌われたらどうしよう〟なんて、ウジウジ悩むタイプじゃないし)

春海は何事もあれこれと考え込んでしまう夏帆と違い、当たって砕けろの行動派だ。そんな姉の奔放な性格を思うと、この状況も納得できる話だった。

「ううっ……」

夏帆は思わずうめき声をあげていた。胃のあたりがキリキリする。手のひらで撫でたが、ムカムカが収まらない。しばらくベッドの中でゴロゴロしていたが、案の定、眠気はまったく襲ってこなかった。

（やっぱり、お酒をちょっといただこう……）

むくりと体を起こし、キッチンへと向かった。

「さっき白臣さんが飲んでいたブランデーは……」

キッチンでゴソゴソしていると、唐突にぱちりとキッチンに明かりがつく。

「チビちゃん」

白臣が壁にもたれるようにして立っている。彼の眼差しには間違いなく非難の色が宿っていた。

「あっ……えっと。起こしてごめんなさい」

白臣もどうやら起きていたらしい。

ブランデーの瓶とグラスを持っていた夏帆は、それをそうっともとの場所に戻す。

「やっぱり眠れないんだろう」

白臣がそう言いながら夏帆に近づいてくる。

「すみません……」

うなずくと同時に、ふわりと体が抱き寄せられた。いつもの香水ではなく、ボディソープの香りがして心臓が跳ね上がる。

「仕方のない子だな」

白臣の声は優しかった。夏帆を労わる気持ちが伝わってくる。

(あんまり甘えたくなかったんだけど……今日だけは許されるかな)

白臣の腕の中は温かく、こうしていれば安心、安全なのだと心がぽかぽかしてくる。まるでひな鳥の気分だ。

そうやってしばらく体を寄せ合っていると、

「一緒に寝ようか」

「え?　はいっ……⁉」

頭上から聞こえてきた白臣の言葉に、口から心臓が飛び出そうになった。

彼は今、『一緒に寝ようか』と言った。一緒に寝るというのは、文字通り一緒に寝るということである。

(私と白臣さんが一緒に寝る⁉)

自分でもわけがわからないので、なにを言っていいのかもわからない。

動揺して固まっている夏帆をよそに、

「君はチビちゃんだからね。寝かしつけてあげる」

耳元で白臣がクスッと笑った。

「えっと、その……」

完全に子供扱いだが、夏帆はそうじゃない。成人しているし、半年もしないうちに社会人になるちゃんとした大人だ。

(合コンの時にキスはしたけど……それ以降、全然、まったく、なんにもないけど……その、一緒に寝るって……!)

ドギマギしている夏帆に向かって、白臣は優しく背中を撫でながら耳元でささやく。

「そろそろ僕と一緒に眠るのに慣れてほしいと思ってたんだ」

「そ、そうですか……」

「じゃあ、行こうか」

「アッ、ハイ……」

彼に手を引かれるがまま、ふたりの寝室へと向かう。手はしっかりと繋《つな》がれていて、とても振りほどける気がしない。

(どどどど、どうしよう……!)

同じベッドで眠るなんて、想像するだけで息が止まりそうになる。だが姉が戻ってきたという事実を前に思考回路は停止状態で、この場をどう切り抜けたらいいかわからない。

「どうぞ」

結局、導かれるまま寝室に足を踏み入れてしまった。

寝室の明かりは部屋の隅のフットライトだけだった。白臣は今どんな顔をしているのだろう。いや、そもそも自分がすっぴんなことが、猛烈に恥ずかしくなってくる。

(普段のメイクだって、それほど気合入ってるわけじゃないんだけど……)

だがもう後戻りできない。夏帆は遠慮しつつベッドの端に身を横たえた。

「しっ……失礼します」

「じゃあ僕も」

「っ⁉」

なんとベッドの反対側からではなく、白臣は夏帆の体にまたがるようにしてベッドに乗り上げてきた。

ベッドのスプリングがぎしっと音を立てて、白臣が今ここに間違いなく存在しているのだと思い知らされ、喉がぎゅっと締め付けられる。

(ひええええ‼)

横を向いているが、すぐ近くに白臣の熱を感じて思わず息をのむ。

くの字になったままベッドの中心を見つめていると、白臣が毛布の中に体を滑り込ませながら、こちらを向いた。

「寒くない？」

白臣の声がひそやかに響く。そのささやき声は吐息混じりで、内緒話をしているような空気だ。

「は、はい……」

こくりとうなずいたが、「くしゅっ！」とくしゃみが出た。

「ほら、くしゃみしてる」

白臣が体を近づけてくる。

「っ！」

思わず体を強張らせると、白臣はふっと笑って毛布を引き上げ、夏帆の体を正面から抱き寄せた。

「大丈夫。なにもしないよ」

「は、はい……」

なにもしないとはっきり言われて、ドギマギしていた夏帆の頭に少しだけ冷静さが戻る。

（そ、そうよね、するわけないよね。私はチビちゃんだもんね……！）

結婚前の同居期間は、夏帆に〝誘惑〟されない限り手を出さないと誓ったのは白臣だ。それはおそらく、夏帆がそんなことができないと思っているからだろう。

（私、一生手を出されないかも……）

結婚したらそういうことをするとは言っていたが、この調子だと正直怪しい気がした。

「……おやすみ」

白臣は夏帆の背中を子供にするように撫で、目を閉じた。

「おやすみなさい」

半分やけくそ気味だが、とりあえず夏帆も目を閉じる。

（白臣さん……）

もともと結婚するのは姉の春海だった。自分が白臣と結婚することになったのは、双方の利害が一致するというただそれだけが理由だ。

（私との結婚、必要なのかな……）

ベッドの中で考えても仕方ないと思うのに、その考えが頭を離れずずっとぐるぐるしている。

「――白臣さん」

耐えられずに呼びかけると、目を閉じた白臣がかすかに声をあげる。

「ん……？」

「私……」

結局、夏帆はそのまま黙り込んでしまった。

たった一言、尋ねるだけなのに勇気が出ない。だが黙っていても仕方ないのだ。聞かないわけにはいかない。

夏帆は何度か深呼吸をして、それから唇を震わせる。

「私……ここにいていいんでしょうか……」

言った。言ってしまった。

耐え切れずに口にしたくせに、今度は不安が膨れ上がる。

（白臣さんはどう思ってるの……？）

「——」

だがそれからいくら待っても、白臣の返事はなかった。

「白臣さん……もしかして寝ちゃった……？」

おそるおそる目を開けると、白臣は男性なのに長すぎるまつ毛を伏せたまま、安らかな寝息を立てていた。

目を凝らすと、薄暗闇の中で長いまつ毛の先がかすかに震えている。

思わずすやすやと眠る白臣の頬にそうっと触れていた。

（私、今ホッとしてる……）

白臣に『もう家に帰っていいよ』と言われなくて、よかったと思っている。

（ここに、いたいな。白臣さんと一緒にいたい）

本気の恋なんか知らなかった。

誰かを欲しいなんて思ったことがなかった。

きっと白臣に再会しなかったら、夏帆はずっとこのままで、大学を卒業し、働いて、毎日をただささやかに穏やかに生きていただろう。

誰にも心を寄せないまま――揺さぶられないまま。

（苦しいな……すっごく、苦しい）

夏帆はぎゅっと目を閉じ、それからゆっくりと白臣の鎖骨のあたりに顔を寄せる。

（わがままかもしれない。でも、白臣さんと離れたくないよ……）

人のぬくもりがこんなに温かいなんて、そして同時にこんな身を切られるような切なさがあるなんて、知らなかった。

そしてぬくもりを知ってしまったがゆえに、そう遠くない未来、失うかもしれない恐怖が忍び寄ってくる。

（私……これからどうしたらいいんだろう）

「……ん……」

ぴぴぴ、と鳥の声が聞こえて、夏帆は寝返りを打つ。背伸びがてら両手足を伸ばしても壁にぶつからないことに気が付いて、ハッと目を覚ました。

「あっ！」

そうだ、ここは小ぢんまりした懐かしの我が家ではない。白臣の用意した高級マンションだ。ガバッと体を起こして隣を見たが、白臣の姿はない。

「えっ、何時っ？」

慌てて寝室を出るとキッチンからじゅうじゅうと音がして、コーヒーの香ばしい匂いが漂う。

「白臣さんっ！」

「おはよう」

エプロンを着けた白臣が肩越しに振り返り、微笑む。

フライパンの中ではフレンチトーストがバターの香りを漂わせていた。

「おはようございますっ」

慌てて彼のもとに駆け寄ると、白臣がふっと笑って目を細めた。

「着替えておいで。その間に準備するから」

そこで自分がネグリジェタイプのパジャマを着ていることに、ようやく気が付いた。長い髪だってくしゃくしゃで跳ねている。

「え、あっ、はいっ！」

夏帆は顔を赤くして慌てて回れ右をする。白臣がくつくつと肩を揺らして笑っているのが聞こえて、猛烈に恥ずかしくなった。

「ああっ、もう私のバカバカっ……」

慌てて顔を洗い、髪を念入りにブラシで梳かした後、ゆったりしたニットとスカートに着替えてまたキッチンに戻ると、白臣がテーブルの上に料理を並べていた。

きれいな焦げ目がついたフレンチトーストと、紫キャベツと林檎《りんご》のサラダ、ブルーベリーがのったヨーグルトという、見た目にも完璧な朝食である。

「わぁ……！　白臣さんのフレンチトースト、おしゃれバゲットなんですねっ！」

「おしゃれ？」

白臣が目をぱちくりさせる。

「はい。私がフレンチトーストを作る時は普通の食パンですから」

そもそも普段の生活でバゲットを買ったことがない。

「すぐ近くにおいしいベーカリーがあるんだ。今度案内してあげる」

白臣はそう言いながらエプロンを外す。

「さ、食べようか」

「はいっ」

うなずいて夏帆も彼と向き合って椅子に座った。

目が覚めた時は、どんな風に顔を合わせたらいいか、なにを話したらいいのか悩んでいた。だが白臣がなんでもないように振る舞ってくれるおかげで、少し気が楽になる。とりあえず今日は、これでいいのだろう。

「いただきます」

手を合わせてそれからナイフとフォークでフレンチトーストを口に運ぶ。

口の中にふわりと甘みが広がって、幸せな気持ちでいっぱいになった。

「甘味が足りないようだったら蜂蜜をかけて」

白臣が小さな蜂蜜の瓶を目の前に置いてくれた。

「いいえ、完璧においしいです……！」

白臣が甘くて、甘くて、蕩けそうなくらいだ。

夏帆は真面目な顔をしてうなずき、そしてパクパクとおいしい朝食を堪能したのだった。


「白臣さん、ごちそうさまでした」

「毎日君が作ってくれているからね。たまにはいいだろ？」

食器を片付けた後、食後のコーヒーをソファーで飲む。

「白臣さん、家事は外注でいいなんて言ってたけど、お料理上手なんですね」

「できないわけじゃないけど、自分のためにきちんとした食事を作ろうってタイプではないのは確かだな。久しぶりに作ったよ」

白臣は少し照れたように苦笑する。

「そう、なんですね」

そういう意味の好意ではないと頭ではわかっているのだが、夏帆のために作ったと言われているようで、少し恥ずかしくなる。

白臣はそんな照れている夏帆を見て目を細め、ふと思い出したように立ち上がり、小さな紙袋を持って戻ってきた。

「取引先からいただいたんだ。チョコレートらしいから一緒に食べよう」

紙袋は夏帆も知っている超高級ブランドのものだった。

「コーヒーにチョコレートだなんて、贅沢《ぜいたく》ですね」

（一粒千円以上するやつだ……！）

去年の冬に、百貨店でチョコレートを売るアルバイトをしたのでよく覚えていた。こんなチョコレートをいったい誰が買うんだろうと思っていたが、飛ぶように売れたので、世の中にはお金持ちがたくさんいるんだな……と恐れおののいたのは記憶に新しい。

隣に座った白臣が紙袋から箱を取り出すと同時に、ひらりとなにかが落ちて、それを夏帆が拾った。

携帯の番号が書いてある。見るつもりはなかったが、見えてしまった。

「あ」

白臣が目を見開いて、夏帆の手からメモを奪い取る。

「すっ……すみませんっ……」

慌てて謝ったところで、彼はそのメモをくしゃりと握りつぶしてテーブルの上に置いた。

「どうして謝るの？」

「どうしてって……その、プライベートなことというか……」

他人のアドレス帳を覗いたような気分になった夏帆は、おそるおそる口を開く。

プライバシーを侵害するのはよくないことだ。親しき仲にも礼儀あり、である。

だが白臣は納得いかないらしい。

「僕は君の夫になる男なんだけど」

白臣の声色は相変わらず柔らかだったが、目が笑っていない気がする。

もしかして怒っているのだろうか。

なぜ？

「――」

少し考えて、ハッとした。

「もしかしてこれ、女性から？」

「気づかなかったの？」

白臣は切れ長の目をぱちぱちさせた後、どこか恥ずかしそうに首の後ろをゴシゴシと撫でつけた。

「そっか……」

「――あの、もしかして」

「言わなくていい」

白臣はふいっと顔を逸らす。手のひらに顎をのせて肘をつき、口元を隠す白臣はちょっと見たことがない顔をしていた。

「私が、白臣さんが女の人からモテているのを見ても気にしていないように見えて、ちょっと気に入らないなって思ったんですか？」

「こらっ」

白臣が珍しく眉を吊り上げて〝めっ〟という顔になる。

「いや、だって……ふふっ……」

思わず笑ってしまったのは許してほしい。

大人な彼を、ちょっとかわいいなんて思うのはおかしいだろうか。白臣はいつだって余裕たっぷりなので新鮮に感じた。

夏帆がくすくすと肩を揺らして笑っていると、白臣が軽く目を細めて低い声でささやく。

「僕はわりと粘着質な男なんだ」

「見えないですよ」

こんなにさわやかでキラキラして、清廉潔白が服を着て歩ているような白臣が粘着質だなんて信じられない。

冗談ですよね、とそんな気持ちを込めて軽く首をかしげると、白臣は無言でその漆黒の瞳にたっぷりの色気をのせた。

（あ）

こういう顔をする白臣を、少し前に見た記憶がある。

合コンの夜、エレベーターに乗る前の白臣を思い出した。

彼のどこか思いつめたような黒い瞳が脳裏によぎった次の瞬間、夏帆の体はソファーの上に押し倒されていた。

「いやぁ、困ったな」

「あ、あきっ……？」

「君が僕を誘惑するからこうなってるんだ。ほんと、困った」

白臣は特に困ってはいなそうな甘い声でささやく。

「ええっ？」

まったく身に覚えのない夏帆だが、白臣は夏帆の額に唇を寄せ、キスを落とす。

かわいらしいキスだ。久しぶりにキスしてもらえるのかとドキドキしていたので、拍子抜けだった。

「あ、おでこ……」

ホッとしたような残念なような、そんな気持ちで思わず額に手を伸ばすと、夏帆を押し倒したままの白臣が色っぽく目を細める。

「そこじゃ不満だった？」

「えっ、あっ、も、もうっ……！」

どうやらわざとらしい。白臣の意地悪に顔にカーッと熱が集まる。

「あんまりからかわないでください……」

恥ずかしくて顔を逸らした瞬間、耳元に白臣が唇を寄せた。

「でも今のは、僕をちょっとだけその気にさせたよ」

「っ……」

耳元に注がれた白臣の声は甘く、たったそれだけで全身に痺れるような淡い快感が広がった。

その気――。

白臣が口にした言葉に心臓が跳ねる。

「あ、あのっ」

彼はその気になったらなにをすると言っていた？

心臓がバクバクと脈打ち、一気に喉がからからになった。

「かわいい」

白臣の唇がそうささやいて、それから頬に触れ、彼の高い鼻梁《びりょう》の先が夏帆の首筋に近づく。吐息が触れて、全身がびくっと震えてしまった。

「あっ……」

とっさに白臣の厚い胸を押し返そうとしたところで、手首をつかまれ頭の上に押し付けられる。

びくともしないし、逃げられない。

「白臣さんっ……恥ずかしいですっ……」

こんな風に顔を真っ赤にしているところなんか見られたくない。

じたばたと体を動かすと、白臣は切れ長の目を細めて、少しかすれた声でささやく。

「覚えておきなさい。そういう態度は男を余計煽《あお》るだけだから」

次の瞬間、白臣は端整な顔を傾け夏帆に覆いかぶさるように口づけた。

唇を割って舌が入ってくる。深いキスに全身が一気に火をつけられたように熱くなる。

「んっ……」

何度か唇は離れたが、すぐにまたふさがれた。

彼の舌は柔らかく夏帆の口の中を這い、夏帆の縮こまっている舌に絡みつき、柔らかくはむ。

「あ、ふ……っ……」

己の口から漏れる声が、自分でも聞いたことがないような艶《つや》を帯びていて、また羞恥《しゅうち》が募る。

だが白臣の口づけは甘く、優しく、ソファーに押し付けられていた手は気が付けば彼の首の後ろに回されていた。

白臣は普段から鍛えているらしく、夏帆が首にぶら下がっていても、びくともしなかった。

彼の両手が夏帆の背中と頭に回る。長い指が夏帆の髪を梳き、大きな手のひらが背中を這う。服越しに体をそうっと撫でているだけなのに、まるで自分が世にふたつとない、貴重で美しい宝石にでもなった気がする。

「あ……っ」

白臣の唇が耳の下に触れた。熱い吐息に体を震わせた次の瞬間、白臣は目を見開いて、それから上半身を起こし夏帆の上体も抱き上げた。

「息できる？」

「はっ……はぁっ……はいっ……」

言われて深呼吸を繰り返している間、白臣は夏帆の肌に張り付いた髪を丁寧に指でかき分けている。

（白臣さん……なんだか色っぽい……）

されるがままの夏帆だが、つい、自分に触れていた彼の唇を凝視せずにはいられない。赤く染まった彼の唇はやたら色っぽく見えて、息を整えているつもりがまた胸がきゅうっと締め付けられる。

（もしかして、白臣さんも私のこと、ちょっとくらいはいいなって思ってくれてるのかな）

そうだといい。

平凡な〝西條夏帆〟という女子大生ではなく、白臣という上等な男に慈しみ、愛されてもおかしくない、そんな特別な存在になりたい。

夏帆は伝えられない思いを込めて、彼を見上げた。

（それに……白臣さんがこのまま私を抱いてくれたら、私は必要とされてるって、安心できる気がする）

七年ぶりに戻ってきた姉のこと。

自分の居場所のこと。

白臣が夏帆に求婚したのは、彼が〝自称訳アリ事故物件〟だからだ。夏帆を女性として見ているわけではない。

そんな不安を塗り替えるチャンスがあるとしたら、それは白臣にひとりの女性として尊重され、愛されることではないだろうか。

「白臣さん……」

私のこと、もらってください。

全部、白臣さんのものにして——。

大人しい夏帆の胸の奥で、ひそやかに燃えている白臣への思いがチリチリと胸を焦がす。

「——」

ふたりが見つめ合ったのはほんの数秒だった。

このまま彼に身を任せてしまいたい。奪ってほしい。

普段は石橋を叩いても渡らないとさえ言われる夏帆だが、この一瞬だけは真剣にそう思っていたのだ。

だが白臣は、そんな夏帆の決死の覚悟をひらりと躱《かわ》してしまった。ふっと微笑んで両手で夏帆の頬を包み込み、こつんと額を合わせる。

「このまま部屋にこもっていると危ないな。デートしようか」

「えっ……デート……？」

白臣の発言に、全身を包み込んでいた熱情が引いてゆく。

暗に拒否されたのかと胸がひやっと冷たくなったが、

「ドライブがてらね。どう？」

白臣は優しい声色で具体的な提案をしてくれた。先ほどまで激しいキスをしていた白臣ではなく、いつもの大人な白臣だ。

なんとなくだが、拒まれたわけではないような気がする。

「まともにふたりで出かけたことなんてないだろ？」

「それは……そうですね」

夏帆は小さくうなずきつつ、白臣の顔を見上げた。

「だからデート？」

「そう。おしゃべりしながらドライブして、手を繋いでブラブラ歩きながらきれいな景色を見て、なにかおいしいものを一緒に食べてまたおしゃべりする。そんな当たり前のデートをしたいな」

白臣はそう言って、くすぐるように指の背で夏帆の頬を撫でる。

白臣の提案してくれたデートは、夏帆にとって憧れそのものだった。喜びで目の前がパーッと明るくなる。

「い、行きたいですっ！　ぜひ！」

もちろん、彼に抱いて安心させてほしいという気持ちはあって、少し残念ではあったが、未知の体験への恐怖も当然あるので、デートのほうがずっと気が楽だ。いや、むしろ楽しみしかない。

（それに私、ちょっとホッとしてるし……）

勢いに身を任せて安心したいなんて発想が、そもそも健康的ではない。やはり自分は彼が言うように〝チビちゃん〟だったのだ。

（私、ちょっと冷静にならなきゃ）

夏帆はソファーから立ち上がりかけたが、ハッと秘書の南の言葉を思い出す。

『カノーロにとってクリスマス商戦がどのくらい大事か……』

南に言われた言葉を忘れてはいない。

「でも、お仕事は大丈夫なんですか？　私のために今日、休んでくれたんじゃ……」

白臣は土日も仕事で家をあけがちだ。なのに今日に限って夏帆に朝食を振る舞ってくれた。休日だと口にしたが、昨日の電話が関係しているのではないだろうか。いや、そうに違いない。

「私のこと、気遣ってくださってますよね……?」

おそるおそる尋ねると、白臣はソファーの上に座り直して夏帆の手を取った。

「妻になる女性を気遣うのは当然だと思うけど」

彼の言葉が、昨晩から心に棘《とげ》のように刺さっていた痛みやモヤモヤを、ゆっくりと溶かしてくれる。

これが愛ではないとしても、白臣の思いやりが嬉しい。

(私、白臣さんと一緒にいていいってこと……?)

あやうく泣きそうになって、なんとかぐっと唇を引き結ぶ。

「それに無理はしていないよ。実際、ここ何か月かまったく休んでいなかったから、一日くらいリフレッシュしようと思ってたんだ」

そして白臣は腕時計に目を落として、軽く目を細める。

「僕のためだと思って、デートしてほしいな」

「白臣さん……」

彼の言う通り、数か月働き通しだったのなら、本当は一日寝ていてもバチは当たらない。なのに白臣は『自分のため』と言って夏帆の心を優しく癒《いや》してくれる。そんな彼の気持ちが泣きたいほど嬉しかった。

夏帆はこくりとうなずいて、白臣を見つめ返す。

「私、白臣さんをうんと楽しませますっ！」

「え？」

「私といて、すっごく楽しかったって思ってもらいたいんです！」

そして夏帆は、目をぱちくりさせる白臣の手を両手で包み込み、キリッとした表情を作る。

「……夏帆」

白臣はぽつりと夏帆の名前を呼んだ後、ふわっと花が咲くように笑みを浮かべたのだった。


「デート、楽しかったね」

信号で車を停めた白臣は、助手席の夏帆に声をかける。返事がないのでちらりと目の端で確認すると、くたりと首を傾けた夏帆の寝顔が目に入った。

「――寝落ちしちゃったか」

白臣は助手席で目を閉じている夏帆の膝に、先ほどまで自分が着ていたコートをかけてハンドルを握り直す。

夏帆はよく鎌倉《かまくら》に遊びに来ていたらしい。もちろん白臣だって海外のＶＩＰの案内で何度も足を運んでいたが、あくまでも仕事だ。

学生のようなデートは白臣にとっては懐かしく、彼女との鎌倉デートは最高に楽しかった。

まずは白臣の運転するスポーツカーで鎌倉まで走り、鶴岡八幡宮《つるがおかはちまんぐう》にお参りに行った。『鳩が堂々と闊歩《かっぽ》している』と笑い、小町通りをブラブラして、遠慮する夏帆にちょっとしたアクセサリーを買い、ランチにカフェで生シラスのパスタを食べ、それから近くの寺を散策がてら紅葉を見て回った。

ちなみにごく自然に白臣は夏帆の手を取り、歩いている間ずっと手を繋いでいた。

そして日が早々に落ち、帰ろうかと車が動き出した瞬間に、夏帆は電池が切れたようにがくりと寝落ちしてしまったのである。

「ほんと、かわいいな」

白臣はクスッと笑いながらも車を走らせる。

先週のことだが、白臣は非常に気まずい思いをしている。

気まずい――というのは、要するに〝らしくない〟振る舞いをしたということだ。ひとつのひっかかりから、ドミノ倒しのように流されてしまった。普段から先の先まで読んで行動する自分にあるまじき行動だった。

事の起こりは、夏帆が白臣に内緒で合コンに参加したことだ。

カノーロ本社から近いということでよく利用していたバーで彼女を見た時、頭が真っ白になった。

（なぜ夏帆がここに？）

見間違いかと目を疑ったが、ずっと彼女を見守ってきた自分が夏帆をほかの女と間違えるはずがない。

困った顔でグラスを持たされている夏帆は、間違いなく今朝別れたばかりの夏帆だった。

確かに友人と食事に行くと言っていた。あの男女四対四のグループが友人だろうか。だが彼女の表情はあまり楽しそうではなかったし、なにより両隣の男たちの彼女を見る目線が白臣の気に障った。

（なるほどあれは合コンだな）

そう感じた次の瞬間、白臣は周囲の目もはばからずテーブルに乱入し、夏帆を強引に連れ出してしまっていた。

(僕はなにをしているんだ)

いきなり現れた白臣に夏帆は戸惑っていたし、なにより白臣が自分自身に戸惑っていた。だが止められなかった。夏帆を誰にも見られたくすらなかった。

己の独占欲にドン引きしたし、気分が悪くなって腹が立った。

槇白臣という男はこんな人間ではなかったはずだ。

そしてあの時なによりも最悪だったのは、涙をこぼして謝る彼女を見て『もしかして彼女は自分を愛し始めてくれているのかもしれない』と、勘違いしてしまいそうになったことで――。

「そんなわけないのにな……」

ぞっとするような男の身勝手な妄想に、白臣は自嘲《じちょう》するしかない。

それなりに年を重ねて経験を重ねた自分なら、夏帆のような純真な乙女など簡単に篭絡《ろうらく》できる。

彼女にも伝えたが〝簡単にペロリ〟だ。

だがそれをしないのは――いつか本気で自分に恋をしてほしいと思っていたから。

嫌われているとは思わないが、彼女が自分に対する気持ちは淡い憧れであって、男に向けるものではない。夏帆が自分と結婚することを選んだのは、なによりも両親のためだ。親のことがなかったら結婚を承諾しなかっただろう。

だから彼女から自分を欲してほしかった。いつも遠慮ばかりしている彼女が持つ殻を、自分の意志で破ってほしかった。

(彼女の本当の気持ちが欲しいなんて……まるで思春期の少年だな)

白臣はハンドルを握る指に力を込める。

ふと合コンで見た夏帆の涙を思い出す。

そもそも女性を泣かせるなんて、白臣にとって生まれて初めてのことだった。

白臣は誰にも怒りの匂いを気取らせたことがない。

感情を高ぶらせるのは愚かなことだし、そもそも他人に興味がないので、わざわざ怒りをぶつける必要がない。

槇白臣という男は誰に対しても〝槇家の御曹司〟として振る舞い、隙を見せないように生きてきた。身に染みてわかっていたというのに、気持ちが抑えられなかった。

(僕なんかどうでもいいのかと思ったら、気が狂うかと思った)

三十年以上、冷めた人間だと思っていたのに、自分の中にこんな感情があることを知らなかった白臣は、正直戸惑う部分も大きいのだ。

（自分を律しないと、おかしなことをしでかしてしまうかもしれない）

反省した白臣は、それからひたすら〝穏やかで優しい槇白臣〟として振る舞っていたのだが、昨日はそれを破らざるを得なかった。

昨晩の夏帆は、目に見えて動揺していた。それもそうだろう。七年も前に姿を消した家族がいきなり帰ってきたと知らされたのだから。

白臣も話を聞いた時は一瞬だけ驚いたが、慌てている夏帆を見たらすぐにそれどころではないと気が付いた。

夏帆の心のケアが大事だ。だから彼女をひとりにはしないと決めた。

そうやって白臣が夏帆を慈しむ一方で、彼女は昨晩、白臣の腕の中で尋ねたのだ。

『私……ここにいていいんでしょうか』

我ながら少し意地が悪いと思うが、白臣は寝たふりをして答えなかった。

本当は『当然だ、いいんだよ』と言えばよかったのだと思う。そうすればとりあえず夏帆を安心させることができただろう。

だがそれはそれ、これはこれだ。

彼女が自分の意志で白臣を選んでくれなければ意味はない。

白臣は夏帆をはなから妹扱いするつもりはないのだ。

「本気で欲しがってくれるまで、僕はいつまでも待つよ。チビちゃん」

白臣の軽口はすぐにエンジン音にかき消えてしまったのだった。


「行ってらっしゃい！」

平日のど真ん中の水曜日、白臣が仕事に行くのを見送った夏帆は、まず軽く家を掃除する。

白臣はクリーンサービスを契約しているのだが、それでもふたりで生活しているとあれこれと気になるものだ。入らないでと言われた白臣の書斎以外の掃除をざっくりと終えて、今度は近所にあるマーケットに買い物に行くことにした。

十二月に入り、街の景色はすっかりクリスマスムードだ。ふと、彼と過ごしたデートのことを思い出して頬が緩む。

（楽しかったなぁ、デート）

秋の鎌倉はこれまで何度も足を運んだが、男の人と一緒に行ったのは初めてだった。自分とデートして、楽しんでもらえるのかと気になったが、手を繋いで歩く白臣はずっとニコニコと笑っていたし、何度も夏帆の顔を幸せそうに覗き込み、『こういうの初めてだよ。楽しいね』と目を細める白臣は、終始穏やかだった。

（ずっとモテモテだった白臣さんが、鎌倉デートが初めてなわけないと思うけど……楽しいって感じてくれてよかったな）

急に帰国してきた姉のことは相変わらずひっかかっているが、今はまず白臣との生活を守りたい気持ちが大きい。

（白臣さん、毎日遅いもんね。体にいいもの食べてもらいたいな）

せめて家にいる時くらいはリラックスしてもらいたい。

消化のいいメニューを頭の中であれこれと考え大量の食材を買い込み、マンションへ戻っていると、バッグの中のスマホが震えた。父からだ。

「はい、もしもし」

『夏帆、春海に会ったか？　今朝、東京に行くと連絡があったんだが』

いきなりの父の言葉に、夏帆は頭が真っ白になってしまった。

「え？　今朝っ？　いや、特にないけど……えっ、待って、今朝出ていったの⁉　お父さん、私の連絡先教えた？」

夏帆に会うつもりなら、一応予定くらい聞いてくるのではないだろうか。

東京に行くイコール、自分に会いに来ると疑っていなかった夏帆はそう尋ねる。

『え？　あぁ、そういえば……聞かれなかったな』

父の返答に夏帆は目を丸くした。

「え？　でも……」

『ただ、白臣くんと夏帆が結婚予定だということはちゃんと伝えたよ。今、一緒に住んでいることもね』

「……お姉ちゃんはなんて？」

『そりゃ驚いてたが……別にそれだけだったな』

「そう……」

姉が帰ってきたら自分の居場所はなくなると思っていたが、そうではないのだろうか。本当に、姉の考えがわからない。

夏帆に会わないで、東京で誰に会う気なのだろう。しばしの間考えて気が付いた。

「まさかお姉ちゃん……白臣さんに会う、つもり、とか……？」

『そんな……今さらどんな顔をして会いに行くんだ』

父はスマホの向こうでしばらく茫然としていた。夏帆も同じ気持ちだ。だが春海の性格を思うと、ないとも言い切れないのが怖いところである。

「私、ちょっと白臣さんに確認してみるね」

『あっ、ああそうだな……』

「それと、一応お姉ちゃんの連絡先教えてくれる？」

『わかった。その……私も東京に行こうか？』

父も不安なのだろう。一瞬、そばにいてほしいと思ったが、夏帆は首を振った。

「お母さんのそばにいてあげて。私は大丈夫だから」

母は白臣のおかげで専門の大きな病院に転院し、手術を受けられることになっているが、心細い時はやはり父にそばにいてほしいだろう。

そうして、お互い動揺しつつもとりあえず電話を切った後、白臣のプライベート用のスマホにメッセージを送った。

【お仕事中にごめんなさい】

【もしかしてお姉ちゃんが白臣さんに会いに行くかもしれません】

既読にはならなかったが、夏帆はとりあえずスマホをバッグにしまい、足早にマンションへと戻る。

「もうっ……お姉ちゃんったら……相変わらずなんだからっ……」

冷蔵庫に買った食材を詰め込んでいる途中で、手が止まる。

電話を切った後、父から姉の携帯番号を送ってもらった夏帆は、ない勇気をかき集めて姉に電話をかけたが、携帯の電源は切れていた。飛行機の中なのかもしれない。

「はぁ……」

胸によどむ重たい気持ちを吐き出すつもりで、大きく息を吸い込んで、吐く。今は落ち込んでいても仕方ない。気分転換に買い込んだ食材で常備菜を作ることにした。

ごぼうとにんじんのサラダ、ほうれん草のナムル、ピリ辛大根の煮物等々、ちまちまと作っていると、だんだん気持ちがフラットになってゆく。

すべての料理を保存容器に詰めたところで、ようやく息がつけるまで気分が落ち着いていた。

「そうよね、まさかいくらなんでもお姉ちゃんだって、いきなり白臣さんに会いに行ったりしないよね」

そこでテーブルの上に置きっぱなしにしていたスマホが震える。

もしかして春海かもしれない。夏帆は慌ててキッチンからテーブルまで走り、スマホを手に取った。

『チビちゃん？』

電話の主は白臣だった。

「あっ……はいっ！」

メッセージを見てくれたのだろう。ホッと息を吐きつつ彼の言葉を待つと——。

『えっとね、春海さん、今ここに来てる』

「——えっ」

一瞬、我が耳を疑った。

『ついさっき、僕を訪ねて本社に来たんだ』

電話越しではあるが、白臣の声は若干戸惑っているような気もする。

それはそうだろう。かつて自分を置いて結婚式から逃げた女が、七年ぶりに姿を現したのだから。冷静沈着な白臣だってうろたえて当然だ。

「本社にっ⁉　すっ、すみませんっ……！」

スマホを耳に当てたままペコペコと頭を下げると、

『チビちゃんが謝ることじゃないよ』

白臣が電話の向こうで苦笑した。

『とりあえずこっちに来れるかな。そのまま副社長室に来ていいから。受付には伝えておく』

「は、はい、すぐに行きます！」

『ゆっくりでいいよ。気を付けておいで』

白臣の声はすでに落ち着いていたが、夏帆はそれどころではない。

「はいっ！」

電話を切り、大きく深呼吸して唇を引き結んだのだった。


それから夏帆は超特急で家を飛び出し、渋谷へと向かった。

カノーロ本社のエントランスに入り、一直線に受付へと向かうと、

「西條さん」

と声をかけられる。振り返ると恐ろしく真顔の南が、ヒールの音を鳴らしながらカツカツと近づいてくるところだった。人目があるので怒りを抑えているように見えるが、そのせいで彼女の怒りが容易に想像できる。美人が怒ると迫力がすごい。

「すっ……すみません……」

おそらく彼女も姉に会ったのだろう。そして姉がこの人にどんな態度をとったのか、想像できない夏帆ではない。

（絶対、癇《かん》に障る感じだったはず……！）

とっさに謝罪の言葉を口にすると彼女はきりりと眉を吊り上げたが、それ以上なにも言わなかった。

「こちらへどうぞ」

「はい……」

南の先導でエレベーターに乗り込み、役員室があるフロアへと向かう。

副社長室のドアの前に立った瞬間、急に怖気《おじけ》づいてしまった。

(この向こうにお姉ちゃんが……いる)

ここまで勢いで来たが、本当に開けていいのだろうか。

迷っていると中から華やかな笑い声が聞こえてきた。姉だ。春海の声に間違いない。

七年も離れていたというのに、笑い声ですぐにわかった。

その瞬間、武者震いのような、不思議な興奮が全身を包み込む。

「失礼しますっ」

思い切ってドアを開けると、応接セットに女性が足を組んで座っているのが見えた。

一方、白臣は自分のデスクにもたれるようにして腕を組み、軽く足を交差させて立っている。先に夏帆に気づいたのは、こちらを向いて立っていた白臣だった。

「チビちゃん」

呼びかけると同時に、ソファーの女性がこちらを振り返った。

「えっ、夏帆なのっ⁉」

「おねえ……ちゃん？」

「そうよ～！　うわぁ、びっくりした！　ほんとに大人になってるわ！」

春海はぴょんとその場に立ち上がり、つかつかと夏帆の前にやってきていきなり抱きついてきた。

「ひゃっ！」

いきなりの抱擁に悲鳴をあげるが、姉はものすごいテンションでその場でぴょんぴょんと跳ねる。

「女の子の成長って早いのねぇ～！　びっくりしちゃった！　きれいになったわねぇ！」

美しい髪をカールした春海は、薄手の白のニットとぴったりとしたスキニーデニムを合わせて、足元はロングブーツだった。耳には大粒のダイヤのピアスが輝き、ほっそりした腕にはジャラジャラとブレスレットを重ねている。

昔から美しい人だったが、三十二歳の今は女盛りと言わんばかりの美貌と華やかさで、目が覚めるような輝きを放っていた。

「ちょ、ちょっと待って！　おっ、お姉ちゃん、なんで、どうしてここにっ？」

「そりゃぁ、まずは白臣くんに謝ろうと思って」

あっけらかんとした口調で春海はそう言うと、肩にかかる髪を手の甲で払う。

その軽いノリに夏帆の頭は瞬時に真っ白になり、火をつけられたように頭に血が上った。

「は、はぁっ……!? あっ、謝るって……そんな、簡単なことじゃないでしょ……!」

夏帆は思わず大きな声で叫んでいた。

「お姉ちゃんが七年前に結婚式から逃げて、白臣さんに、槙さんの家にどれだけ迷惑かけたか……! うちだって信用を失って、お父さんは仕事を失うし、お母さんは病気になっちゃうしっ! 私だって進学できなくなりそうで、本当に大変でっ!」

「ちょっと……そんな怒らなくてもいいじゃない」

春海は夏帆の怒りが意外だと言わんばかりに目を逸らす。

「っていうかお父さんの仕事がうまくいかなかったのは、経営の才能がなかったからだし、お母さんの病気は昔からよ。私のせいじゃないわ」

春海は少しテンションを下げて眉をひそめる。

「確かにあんたも巻き込んで悪かったけど。あんたは私と違って頭がよかったから、大学くらい行けたでしょ」

「は、はぁ⁉」

自分でもびっくりするくらい大きな声が出てしまった。

「だから自分は悪くないって⁉　そんなわけないでしょ！　っていうか、どんな顔してお父さんとお母さんの前に姿を現したの！　東京に来て、白臣さんに会ってどうしたかったのよっ！」

すると春海は美しく整えられた眉を吊り上げて、口を開く。

「悪くないなんて言ってないでしょ！　悪かったって思ってるから両親に会いに行ったし、こうやって一番迷惑かけた白臣くんに直接謝罪をしに来たんじゃないっ！」

春海は猫のような美しい瞳を吊り上げる。

「確かに私は過ちを犯したわ。たくさんの人に迷惑をかけた。そんなの自分が一番わかってるわよ！　でもだからって、一生家族に会うなって言うの？　謝ってやり直したいって思うのは、間違ってるってわけ⁉」

「それはっ……」

夏帆は姉の強い言葉に黙り込む。

確かに謝罪したいという気持ちは、間違ってはいない。一生許されないなんてことはない。だがそうじゃない、という気持ちがぬぐえない。そして今の頭に血が上った状態の夏帆に、それを言葉にするすべがない。

なんと口にしたらいいか迷っていると、デスクにもたれた白臣が軽く首をかしげて微笑んだ。

「チビちゃん。僕は彼女の謝罪を受け入れてるよ。だからもう気にしなくていい。過去のことだ」

「白臣さん……！」

結婚式から春海が逃げたことで一番割を食ったのは、大勢の招待客の前で花嫁に置いていかれた白臣だ。当事者である彼がそう言うのなら、夏帆はこの場ではもう姉を責めることはできなくなった。

（でも、過去のことって……本当にそんな風に割り切れるの？）

一方、春海は白臣の言葉にパッと表情を明るくし、そのまま跳ねるように白臣に飛びつき、首の後ろに腕を回していた。

「相変わらず懐が深いわね～！」

「おっ、お姉ちゃんっ⁉」

いきなりのスキンシップに思わず叫んでしまったが、

「そうかな？」

白臣は抱きつかれても、顔色ひとつ変えずあっけらかんと笑っていた。

彼の朗らかな様子に、夏帆の心にのけものにされているような疎外感が生まれ、言葉を失う。

そうだ。昔から、春海がどんなわがままを言っても白臣は笑って許していた。

『仕方のない人だね』と姉の望みをなんでも叶えてきたのだ。

彼らが婚約者時代もこういう景色を見たな、と思い出し、余計になにも言えなくなった。

そこに南が紅茶をのせたトレイを持って姿を現し、また部屋の中を見てギョッと体を強張らせる。

「南さん、ありがとう。お茶はテーブルに」

白臣は南を見ても顔色ひとつ変えず、春海の肩を抱いてそっと引きはがす。

「もーっ、白臣くん、相変わらずクールなんだから。昔から私がなにしても、ふーんって顔してたわよね」

「大人しい僕は君に圧倒されていただけだよ」

「はいはい、そういうことにしてあげるわ」

春海は少し面白そうに美しくリップを塗った唇を持ち上げると、くるりと踵を返しソファーに優雅に腰を下ろし、すらりと長い足を組んだ。

「やっぱり過去の私、白臣くんを捨ててちょっと惜しいことしたわね〜！　そうだ、七年ぶりにやり直さない？」

「君は相変わらず面白いことを言うなぁ」

白臣はニコニコと笑っているが、春海は紅茶をひと口飲んで、ソファーの肘置きにもたれかかった。

「そう？　私としては冗談にしなくてもいいと思うんだけど」

「お姉ちゃんっ？」

いったいなにを言い出すのかと夏帆は口をぽかんとさせたが、

「実は私、アメリカでデザイナーになったのよ」

春海はソファーの上に置いていた小さなバッグから、スマホを取り出した。

「デザイナー？」

白臣は春海の言葉に興味を持ったようで、胸の前で組んでいた腕をほどき、春海の座るソファーへと移動してスマホを覗き込んだ。夏帆も気になって、白臣の隣に腰を下ろし、姉のスマホを凝視する。

春海のスマホの画面には、美しいアクセサリーの写真がずらりと並んでいた。

「アクセサリーを作ってるの。結構売れてでね」

「へぇ……確かにいいセンスだ。このネックレスなんか特に面白い」

白臣が蔦《つた》が這ったような、立体的で変わった形のネックレスを指さすと、

「さすが白臣くんね、お目が高い。それはね超有名なミュージカル女優が買ってくれたのよ。トニー賞の授賞式で身に着けてくれたんだから」

春海は証拠と言わんばかりに、女優のSNSの画面を開く。確かに先ほどのネックレスを身に着けた女優が堂々とした姿で映っていた。

「これは二年前の出来事なんだけど、それから仕事がどんどん舞い込むようになってね。来年ニューヨークに店を構えることになったの」

そう、はっきりと言い切る春海の横顔はキラキラと輝いていて、妹ながら見とれるほど魅力的だった。

(デザイナーとして成功して、ニューヨークにお店を持つ……?)

あまりにも華やかな経歴に一瞬目がくらみそうになったが、今はそこに感心している暇はない。

「日本のブランドからも声はかかってるの。帰国してから何社かと打ち合わせもしたわ」

そして夏帆でも知っているような、有名メーカーの名をいくつか口にした。

「だから、今の私ってカノーロにとってプラスでしょ。どう、白臣くん。すっごくお買い得とは思わない？」

春海はそう言って、頬杖をつき、うふふと笑った。

確かにそうだ。ニューヨークで成功した新進気鋭のデザイナーは、カノーロにとって有益に決まっている。

「君って人は相変わらずだね」

白臣がたしなめるように肩をすくめると、

「ちょっと図々しいかしら？　いい案だと思ったんだけど」

春海はあっけらかんとした様子でアハハと笑う。和やかな空気が副社長室に満ちていた。

（なんだか……お姉ちゃんと白臣さん、普通だな……）

七年——。夏帆にとっては激動の七年だった。

子供の自分ではどうにもならないことばかりで、それでもなんとか前に進もうと必死に頑張ってきたつもりだった。だが当事者のふたりはさっさと過去を吹っ切って、今は楽しげに笑っている。

（お姉ちゃんは……ああいう性格の人だって、知ってたけど）

大輪の華のようにあでやかで、太陽のように明るくて。なにか問題を起こして迷惑をかけられたとしても、彼女の笑顔を見れば、誰もが『まぁ、いいか』という気にさせられる。

（同じ血が流れる姉妹のはずなのに、私とお姉ちゃんは全然違う……）

白臣と春海はふたりでスマホを覗き込みながら、昨今のアクセサリーの流行について、ああでもないこうでもないと語り合っている。

ただの学生でしかない自分には、白臣と等身大で話せる知識もなにもないのを思い知らされた気がして、なんだかいたたまれない気分になってしまった。

（デートしたってだけで、いつまでも浮かれてた自分が恥ずかしいな）

夏帆がソファーを立つと、白臣が顔を上げる。

「チビちゃん？」

「あ、あの、約束してたから、ちょっと電話しようと思って。席を外しますねっ」

夏帆はへらっと笑い、バッグを持って副社長室を飛び出した。

「逃げ出してしまった……」

我ながら適当な言い訳をしたと思うが、ほかに思い当たらない。

（いや、お父さんには早く教えてあげたほうがいいと思うしっ）

夏帆はバッグからスマホを取り出し、副社長室から少し離れた廊下の奥で父に電話をかける。

『夏帆！』

父はワンコールするよりも早く電話に出た。おそらく夏帆の連絡を待っていたのだろう。

「今カノーロにいるの。お姉ちゃんも一緒よ。やっぱり白臣さんに会いに来たみたい」

『そっ……そうか』

「七年前のこと、白臣さんに謝ろうと思ったんだって」

『謝りたいって……そんな簡単なことじゃないだろう』

父が電話の向こうであからさまに動揺し、それから『はぁ』とため息をつく。

「白臣さんは、謝罪を受け入れるって。それで今は普通に話してる」

『それは彼が、ものすごく人間ができているからだ』

「うん……うん、それは、そうなんだけど……。でもあれはお姉ちゃんがそういう人だから、許されるっていうか……」

夏帆はスマホを持つ指に力を込める。

「普通はさ、自分との結婚式をすっぽかした人をあんな風に受け入れられないよ。でもお姉ちゃんには、そういうモヤモヤした感情を吹き飛ばすパワーがあるっていうか……」

(私が同じことしたら、絶対許されないと思うし)

槇白臣はすべてを受け入れる。奔放な姉でも、うまくやっていける……。

夏帆はぎゅっと拳を握り、自分のモヤモヤした気持ちの正体にようやく気が付いた。

もっともらしく春海に対して『許されないことをした』とか『謝罪の気持ちはあるのか』とかいろいろ理由をつけていたが、そうじゃない。

突然帰ってきた姉に自分の居場所を奪われるような気がして、それが許せなくて、姉を糾弾したいだけなのだ。

『お姉ちゃんはズルい』と叫びたいだけ。

今のこの境遇も、自ら動いた結果じゃない。偶然で手に入れただけなのに、姉に奪われることを恐れている。

いや——奪われるもなにも、最初から自分のものではなかったのに。

(私、人として小さすぎる……恥ずかしい)

情けなくなりながら、夏帆は唇を引き結ぶ。

『夏帆？』

父がおそるおそる名前を呼ぶ。夏帆はハッと我に返った。

「あ、ごめん……。でもとにかく、お姉ちゃんはたぶん大丈夫だと思うから」

『わかったよ。でもなにかあったら連絡するんだよ』

「うん。お母さんにも心配ないからって伝えてね」

夏帆はなんとか平静を保ちつつ、通話を終わらせた。

「はぁ……」

思わず大きなため息が漏れる。

（お姉ちゃんは、白臣さんに並べるくらいの能力があるのに……）

七年前に一緒に逃げた男性とは別れてしまったようだが、それで姉のなにかが損なわれるということもない。それどころか、白臣と並んだところを見てもまったく見劣りしない女性に成長している。なのに自分はどうだ。

実の姉にすら劣等感を抱いて、それを口にする素直さも持てず、ただ逃げている。

卑屈になりたくないが、もう副社長室に戻る元気が湧いてこなかった。

ぼんやりとつま先を眺めていると「西條さん」と名前を呼ばれる。

顔を上げると目の前に南が立っていた。

「あ……はい。なんでしょうか」

なんとか平常心を装って尋ねる。

「失礼を承知でお尋ねします。もしかしてあなたの姉――とおっしゃるあの方、七年前に副社長とご結婚予定だった、西條春海さん……?」

ご結婚予定どころか、式の当日に別の男と手と手を取って新郎を置き去りにした花嫁だが、ごまかせないと思った夏帆は小さくうなずいた。

「そうです……でも、どうしてご存じなんですか?」

おそるおそる尋ねると、南は少しだけ笑って夏帆を見下ろす。

「秘書になったのは去年だけれど、私は副社長の――白臣さんの大学の後輩なの。父はカノーロの取引先の社長を務めているわ」

(そうだったんだ……)

どうやら古い知り合いらしい。だとしたら、確かに昔のことを知っていてもおかしくない。夏帆は息をのんで南を見つめ返した。

彼女は相変わらず美しかったが、もう秘書の顔をしていない。

今まで恋愛事に一切関わらなかった夏帆だが、そのくらいはわかる。

南が白臣のことを〝副社長〟ではなく名前で呼んだのは、夏帆に対する威嚇《いかく》行動だ。

彼女は、異性として白臣を見ている。だとしたら彼女が自分にあたりが強かったことも納得できる。

一瞬だけ身構えた夏帆だが、

「だからまぁ、事情は知っていたんだけれど。あなたがそうだったのね！　ふふっ……」

なぜか南は合点がいったと言わんばかりに笑い始めてしまった。

「……あの？」

なぜ笑われているのかわからない。面白いことなどなにひとつないはずだ。

ぽかんとしていると、南が軽く目の縁を指でぬぐって、笑みを浮かべる。

「ようやくすべてが繋がったわ。あなた、憐《あわ》れまれているのね」

「え？」

憐れまれている――。

不穏な発言に、夏帆の胸はざらついた。どう考えても彼女は自分を嫌っている。白臣のそばにいる自分を疎んでいる。

夏帆のセンサーが逃げろとシグナルを鳴らしていた。だが彼女は夏帆が知らないなにかを知っている気がして、その場から立ち去ることができなかった。

「なにかご存じなら、教えてください」

「そうねぇ……白臣先輩は絶対にあなたに教えないだろうから、知っていたほうがいいわよね」

南は美しく整えられた指先を顎の下に当てると、細い手首に嵌めた時計を見下ろし少し考えるように目を細めた。

「でも、ここで長話をするのはなんだし改めましょう。連絡するわ」

そしてくるりと踵を返し、カツカツとヒールの音を響かせながら夏帆の前から立ち去ってしまった。

「――」

彼女が見えなくなってようやく気が付いた。握りしめた指はひんやりと冷たくなっているし、足はかすかに震えている。何度か深呼吸を繰り返していると、副社長室のドアががちゃりと開いた。

「チビちゃん？」

白臣だ。夏帆が戻ってこないので気になったのだろう。

彼はスタスタと廊下を歩いてきて、夏帆の前に立ち、顔を覗き込んできた。

「顔色が悪いな」

「あっ、父に電話をしていて……それでかも」

夏帆がうつむきつつ答えると、白臣の手が伸びて頬に触れる。

「お義母《かあ》さんになにかあった？」

その優しい手つきに、胸がぎゅうっと締め付けられる。これが憐れまれているからだと思うと、つらくなってしまった。

「ううん、その……白臣さんに迷惑かけたんじゃないかって心配してただけです」

切なさを押し殺しながら、夏帆は笑みを浮かべる。

「そうか……そうだね。でも僕は本当になんとも思ってないよ。彼女が元気そうでよかったとは思ってるけど」

白臣も同じようにニッコリと笑って、なんともないような顔をした。

自分を置いて逃げた花嫁になんの気持ちも持っていないなんて、あり得ない。

おそらく姉をかばいつつ、夏帆と父に気を使っているのだ。

（本当……お姉ちゃんに振り回されて申し訳ないな……）

だが白臣はうつむく夏帆の手を取り、驚いたように目を見開いた。

「すごく冷たいじゃないか」

そして夏帆の手を両手で包み込む。

「車を手配しておくから、今日はもう帰りなさい」

「でも」

「今日はいろいろあって疲れただろ？」

白臣は戸惑う夏帆の肩を抱き、そのまま強引にエレベーターに乗せてしまった。

「今日、食事はいらないから。先に休んでね」

「はい……」

夏帆をひとり乗せた白臣は、そのままくるりと踵を返す。

閉まりゆく扉から副社長室を見つめた。

姉は出てこない。彼女はまだ白臣と一緒にいるつもりなのだろうか。

「お姉ちゃん……」

夏帆のつぶやきは立ち去る白臣には届かなかった。


白臣が帰宅したのは深夜だった。夏帆は自分の部屋で眠っていたが、当然眠気など来ないまま、ベッドの中でゴロゴロしていた。

ガチャリと玄関のドアが開く音がして、足音がそのまま寝室へと向かう。そして夏帆がいないことに気づいたのか、今度はこちらに近づいてきた。

軽くノックの音がしてドアが開き、廊下の明かりが線のように差し込んできたが、夏帆は体を起こせなかった。

「こっちで寝てたのか……」

白臣は独り言のようにつぶやき、夏帆の眠るベッドの縁に腰を下ろす。完全に起きるタイミングを見失ってしまった。

(もう、寝たふりを通そう……！)

夏帆はくの字になったままぎゅっと目を閉じる。明かりはドアから漏れる柔らかな光だけだ。部屋は真っ暗なのでバレることはないはずだ。

自分にそう言い聞かせながら、唇を引き結び息を詰める。

「――」

一方、白臣は無言のまま、夏帆の髪を指で梳いている。

その手はとても優しく慈しみに満ちていて、そういえば昔もこうやって頭を撫でてもらっていたなと、心が優しく撫でつけられるような気分になった。

(私……白臣さんが好きだな)

そう――今さらだが、彼が好きだと改めて思う。

幼い頃から淡い憧れを抱き続けていたせいか、これは〝恋〟ではないと思い込んでいたが、そうじゃない。夏帆は物心ついた時からずっと、白臣しか見ていなかった。

夏帆にとって槇白臣だけがたったひとりの男だった。

報われることなんて一度も想像しなかったから、彼と夫婦になるという状況になっても、夢を見ているような気分が続いているだけ。

（白臣さんは、私が彼に恋をしていたほうが結婚生活がうまくいくって言ってたけど……）

とうに夏帆が彼に恋をしていると知ったら、彼はどう思うだろう。

安心したいから抱かれてもいいと流されるより、まず彼に自分の思いを伝えるべきだったのではないか。

急に帰ってきた姉のこともある。本当に今さらだが、彼に自分の気持ちを知ってほしいと願う思いが抑えられなくなってしまった。

（言おう……好きだって、伝えよう！）

夏帆はゆっくりとまつ毛を持ち上げて、口を開きかけたのだが――。

「きっと君は、本当の僕を知ったら嫌いになるだろうな……」

白臣がため息交じりのかすれた声でささやいて、ベッドから腰を上げた。

（え……？）

彼が口にした思ってもみなかった発言に、夏帆は言葉を失った。
白臣はそのまま出ていき、部屋はまた暗闇に包まれる。
(私が、白臣さんを嫌う……?)
まさか、そんなはずない。
夏帆はベッドを出て、ドアノブに手をかける。
「——」
だが夏帆の足は動かなかった。
「白臣さん、どういうこと……?」
白臣は夏帆に、なにか嫌われるようなことをしているというのだろうか。
(それって、お姉ちゃんと関係ある?)
その可能性にいきついた夏帆は、もう指一本動かせなくなった。
告白する勇気が、しゅるしゅると音を立ててしぼんでいくのを感じたのだった。

「僕は本気だったよ」

翌朝、いつものように朝食を作っていると、身支度を整えた白臣が姿を現した。

「おはようございます！」

彼が口を開くよりも先に声をかけたのは、自分を鼓舞《こぶ》するためだったかもしれない。

「あぁ……おはよう」

白臣はキッチンに立っている夏帆を見て一瞬驚いたように目を見開いたが、すぐにニッコリと微笑んで近づいてきた。

「すっかり君の作る朝食に飼い慣らされているな」

「やはり胃袋からつかむのは正解でしたね」

夏帆がおどけると、白臣はどこかホッとしたように夏帆の額に顔を近づける。

「無理はしなくていいからね。でもありがとう」

そして額に触れるか触れないか程度の軽いキスをした。普段なら舞い上がるほど嬉しいが、今はそうじゃない。それでも彼がこちらに気を使っているのはわかっているので、なんとか平静を装う。

「今日から一泊二日の出張に行ってくるよ。ひとりでお留守番できるかな？」

白臣がいたずらっ子のように目を細める。日帰りの出張は多かったが泊まりは初めてだ。しかも突然すぎて、なぜこのタイミングで？　と考えてしまう。

（私、考えすぎなのかな）

「出張ですか……」

不安を押し殺しつつも、夏帆が視線をさまよわせると、

「国内だから明日の夜には戻るよ」

と、白臣は安心させるように言葉を続けた。

「わかりました」

夏帆は小さくうなずく。そもそも夏帆は、自分の意志を貫くことよりも、他人に迷惑をかけたくないという気持ちが勝ってしまう。

それは諦めのような、自分のような人間が誰かを困らせたくないという気持ちのような、とにかくもともとの性格と、これまでの七年が作り上げた自分なのだ。

「さ、食べましょう」

夏帆は何事もなかったかのように笑みを浮かべ、ごはんをお茶碗《ちゃわん》に盛り、お豆腐とわかめの味噌汁、切り干し大根とひじきの煮物を並べた。

食事を終えてお茶を出す。ふたりでそれを飲みつつ、正面に座っている白臣をちらりと見つめる。

今日、彼はこのまま出張に行く。帰ってくるのは明日の夜だ。このままモヤモヤした気持ちを抱えているのはつらかった。

(やっぱり、気になるよ。ちゃんと確かめよう……!)

夏帆は腹をくくり、深呼吸をして白臣を見つめる。

「白臣さん、ちょっといいでしょうか」

「うん?」

白臣はタブレットをビジネスバッグに入れつつ、軽く首をかしげた。

「昨日、あれからお姉ちゃんはどうしたんですか?」

「ホテルに戻ったよ」

白臣はそれだけ言って穏やかに微笑んだが、こちらを見ない。最低限のことしか教えるつもりはない。そんな雰囲気を感じる。だが夏帆は引き下がらなかった。

「お姉ちゃんとはなにを話したんですか?」

「大した話はしていないよ」

白臣は夏帆の問いかけをさらりとかわし、怪訝《けげん》そうな表情の夏帆を見て手を止めた。

「確かに突然やってきたのには驚いたけど、彼女があいう性格なのは、妹である君が一番わかってるだろ？」

「そう、ですけど」

確かに春海は考えるよりもまず行動するタイプだ。自分とは正反対で、そのエネルギーたるや目を見張るものがあるが、夏帆の想像を余裕で超えてくるので困っているのだ。

「だから君は気にしなくていい。いいね？」

白臣はそう言ってお茶を飲み干すと、手を伸ばし夏帆の頭をぽんぽんと撫で、家を出ていってしまった。

結局、夏帆は白臣からなにも聞き出すことはできなかった。

(行ってしまった……)

勇気を振り絞ったのにあっさりあしらわれて、気分が落ち込む。

虚しさから目を逸らし、リビングのソファーで参考書のページをめくった。当然、視線は文字の上をつるつると滑るばかりで、まったく内容が頭に入っていかない。

「はぁ……」

夏帆はソファーに倒れるように横になった。そしてローテーブルの上に置きっぱなしのスマホを手に取る。

白臣からは【今から飛行機に乗る】【戸締まりに気を付けて】とメッセージが届いていた。二十四時間コンシェルジュがいるセキュリティ万全のこのマンションで、戸締まり云々はいくらなんでも過保護すぎないかと思ってしまうが、それはそれだ。

「さすがにこのままってわけにはいかないわよね」

彼はめったに感情を揺らしたりしない。夏帆が気になっていることを問い詰めたところで、彼が話すつもりがなければどうしようもない。

もちろん考えていることすべてを打ち明けることが絶対だとは思わない。人の心は自由だし、言いたくないという白臣の気持ちを尊重するべきだと思うが、だからといってこれで終わりにはできない。

「よしっ」

夏帆は春海の電話番号を表示させて、何度か深呼吸した後にダイヤルをタップする。

(白臣さんがだめならお姉ちゃんと話をしてみよう!)

ドキン、ドキン……。呼び出し音と呼応するように心臓が鼓動を刻む。

しばらく応答を待っていたが、

『おかけになった電話は電波の届かない場所にあるか――』

と、よく知っているガイダンスが流れてがっくりした。

「もしかしてお姉ちゃん、スマホの充電してない？」

昨日も繋がらなかったことを思い出して頭が痛くなる。どうしていいかわからずぼうっとしていると、握っていたスマホが着信を知らせてぶるぶると震えた。

「ひゃっ⁉」

もしや姉かと思ったが、知らない携帯番号だ。普段は登録していない番号には出ないようにしているが、状況が状況なので体を起こし通話ボタンを押す。

「はい」

『西條さんのお電話でしょうか。南です』

おそるおそる電話に出たところで、聞き覚えがある女性の声が耳元で響く。

「南さん……！」

電話をかけてきたのは白臣の秘書である南だった。そういえば彼女から近いうちに連絡すると言われていたことを思い出した。

『お話をすることになっていたでしょう。今日の午後はどうかしら？』

「はい……大丈夫です」

思わずソファーの上でピンと背筋を伸ばす。

確かに白臣が出張で都内を離れている日というのは、彼女にとってもいいタイミングだったのかもしれない。

『じゃあ……』

南は元麻布の駅の近くにある、マンションから徒歩十五分程度のカフェを指定してきた。

「わかりました」

『一応言っておくけど、楽しいお話ではないわよ』

電話越しだから彼女が今、どんな顔をしているかはわからない。だが世間知らずと言われようと、夏帆だって二十二年生きてきたのだ。声色や口調から、自分がバカにされていることくらいは感じ取れる。

「私も気になっていることがあるので、お時間をとってくださって助かります。ではまた後ほど」

そして一方的に通話を切り上げてしまった。

少し、強い口調になった自分にドキドキしていた。基本、夏帆は根暗なのだ。自分が引っ込み思案で大きな声すら出せないタイプなのは百も承知だ。

「――はぁ。心臓がドキドキしてる」

大きく深呼吸して天井を見上げる。

白臣がふたりで暮らすためにと選んでくれた部屋を、ゆっくりと見回した。

「もしかしたら私……この部屋にいられなくなっちゃうのかな……」

ここが自分の居場所だと思っていたのに。

思わずこぼした弱気な言葉に、胸がぎゅうっと苦しくなる。

「いやいや、待って。まだなにもわからないから。ちゃんと話をして、それで判断しよう」

夏帆は自分の頬を両手でパチンと叩くと、勢いよくソファーから立ち上がり、自分の部屋へと向かったのだった。


白臣がいつの間にかクローゼットに用意してくれていたハイブランドのコートは、おそろしく着心地がよかった。

(もったいなくて今日まで着れなかったけど)

タバコブラウンカラーのハーフコートは、アルパカ素材でカシミヤよりも温かく、なによりモコモコなのもかわいい。白のタートルネックと紺のスカートを合わせて、丁寧に髪を梳かしてポニーテールにし、待ち合わせのカフェへと向かった。

カフェは店内に大きな鉢植えの木々が飾られていて、床は無垢《むく》の木だ。歩くたびにカツカツと気持ちのいい音が鳴る。

約束の時間――十六時にはまだ一時間ほどある。夏帆は自分の姿が外から見えるように窓際に座って、カフェオレボウルを注文し、トートバッグから刺繍のセットを取り出した。

(無心で手を動かしていると、気持ちが紛れるわ)

昔は春海から『おばあちゃんの趣味』と言われていたが、こうやっていると気持ちが落ち着くのだ。イニシャルのAを飾り文字で刺繍した後、周囲を小さな葉の形で取り囲む。グレーのハンカチにグレーの刺繍なので手に取ってまじまじと見ないとわからないレベルだが、自己満足のようなものなので、よしとする。

そうやって自分ひとりの贅沢な時間を楽しんでいると、

「お待たせしたかしら」

と頭上から声がし、顔を上げるとスーツ姿の南が立っていた。

「いいえ、大丈夫ですよ」

夏帆は刺繍一式をトートバッグにしまう。南は注文を取りに来たウェイターにハーブティーを注文し、優雅に長い足を組んだ。

「正直、来るとは思ってなかったわ。逃げると思ってた」

「姉のようにですか？」

当てこすられたのがわかったから、言い返す。南は大人しい夏帆の反撃に一瞬驚いたように目を見開いて、それから軽く肩をすくめた。

テーブルにハーブティーが運ばれてくる。ガラスのポットの中でハーブが泳いでいる。南は美しい所作でカップにハーブティーを注ぎ、優雅に口元に運んだ。

（やっぱりこの人も、上流階級の人なんだ……）

夏帆はそんな南の姿を眺めながら、口を開く。

「私が白臣さんに憐れまれているって、どういうことでしょうか」

自分で言って傷つくが、それを知りたくてここに来たのだ。

南は最初から夏帆に対して敵対心を抱いていた。自分を呼び出したのも、どう考えても業務の範囲外だ。夏帆を傷つけて、白臣から引き離したいのだろう。

（なにを言われても、思い通りになんかなってやらないんだから……！）

夏帆は白臣を心から尊敬していた。恋を自覚したばかりのくせに図々しいかもしれないが、夏帆にとって男は世界で白臣ひとりだけだ。

唇をきゅっと引き締める夏帆を見て、南はクスクスと上品に微笑み、それから一気にすうっと冷たい表情に変わる。

「まず聞きたいんだけど、あなた白臣先輩と自分が釣り合ってると思う？」

「え……？」

一瞬、虚をつかれたが戸惑いつつも答える。

「おっ……思ってません」

思っていると言い切れないあたり、情けないと思うがこればかりは仕方ない。

「思ってないくせに、結婚までこぎつけるなんて、どういう了見なの？」

「それは……白臣さんに頼まれたからです」

夏帆はしどろもどろに答える。そうだ。自分から白臣に結婚してくれと言ったわけではない。七年ぶりに再会した白臣に『事故物件の僕と結婚してほしい』と言われたのだ。

「そろそろ身を固めたいけど、自分は花嫁に逃げられた男だから、結婚は難しいって……だから私に……。私も驚きましたけど、こんな私でも白臣さんの力になれるならって思ったんです」

「はぁ？　そんなわけないじゃないっ……！」

南は夏帆の言葉を鼻で笑うと、怒りを押し殺した声で言葉を続ける。

「白臣先輩は婚約者がいた時からずっと死ぬほどモテてたし、結婚式がだめになった時だって、適齢期の娘を持つ資産家は、目の色を変えて槙家に娘を嫁がせようと必死だったわよ」

「え……？」

「だけどこの七年、白臣先輩は誰ひとり選ばなかった。私は……きっと深く傷ついていらっしゃるんだって……だからそばにいて支えたい、癒してさしあげたいって思って転職までしたのに……まさかこんなことになるなんて」

南は悔しそうに唇を噛みしめた後、テーブルを挟んだ目の前にいる夏帆を恨みがましい目で見つめる。

夏帆は瞬きをするのも忘れて南の顔を凝視した。

「正直、不思議だったのよ。どこぞのご令嬢でもないというあなたを副社長が選ばれたこと。いわくつきのお嬢さんだったのよね」

「っ……！」

「副社長はお優しい方だから、姉の不始末から落ちぶれたあなたを憐れんで、過去だけじゃない、これからのすべての面倒を見ようと思っただけなのよ」

「過去だけじゃない、すべての、面倒……?」

確かに白臣は夏帆が結婚を承諾した時、夏帆の両親の面倒は任せてほしいと口にした。だがそれはこれから先の話であって、過去ではない。再会してから出た話だ。

(過去……私の面倒……?)

夏帆は膝の上でぎゅうっとスカートをつかむ。

「待ってください……私、白臣さんには七年前からずっと会ってないです」

そう――会ってないのだ。

会っていない状況で、彼が夏帆の面倒を見るような状況など思いつかない。

(私は別に助けられてなんか……)

そう考えて、ハッとした。

夏帆の人生において大きな転機がひとつだけある。

大学進学を諦めかけた時、教師から〝基金〟のことを教えてもらった。篤志家である〝おじさま〟は、その後四年間、大学に必要な学費や生活費のすべてをまかなえるほどの給付型の奨学金を用意してくれた。

「奨学金……?」

夏帆がぽつりと口にすると、南はようやく満足げにうなずいた。

「そうよ。あの基金は、あなたたったひとりのためにわざわざ白臣先輩が立ち上げたの。彼が完全にプライベートで出資していた上に、自分にたどり着かないように役者まで使って、偽装していらしたんだから」

「や、役者……?」

確かにHPには若干ボケた写真ではあるが、品のいい男性が写っていた。あれが白臣が用意した役者だというのだろうか。

夏帆はこの四年、〝おじさま〟に年に数通手紙やハガキを出していたのだが、おじさまは受け取っていなかったということなのだろうか。

「そんな……嘘でしょ?」

夏帆がかすれた声でささやくと、南はトートバッグから薄いファイルを取り出し、テーブルの上に投げてよこす。

「興信所に調べさせたの。あなたにあげるわ」

「――」

とっさに反応できず数秒テーブルの上のファイルを凝視していたが、南の視線に押されて手に取る。ペラペラとめくると、確かにそこには白臣と夏帆に対する調査結果がびっしりと書き込まれていた。

さらっと見ただけでも、当事者しか知らないような内容が詳しく記されている。

（本当、ってこと……？）

夏帆は完全に言葉を失う。その様子を見て、南はようやく溜飲《りゅういん》が下がったように息を吐いた。

「もういい加減、あなたたち姉妹から先輩を自由にしてちょうだい……！　いい迷惑だわ！」

南はそう言うとすっと立ち上がって、テーブルの上のレシートを手に取り、スタスタとカフェを出ていってしまったのだった。

テーブルの上のカフェオレから熱は失われ、気が付けば窓の外は真っ暗になっていた。夕方の四時を過ぎればもう日が落ち始める。暖房は入っているのに体は凍えるほど冷たい。

（私今、意識失ってたかも……）

バカバカしいことを考えながら、夏帆はバッグを持ってカフェを出る。冷たいビル風に体が細る気がしたが、手に持っていたコートを羽織る気にもなれなかった。

『あなた、憐れまれているのね』

『先輩を自由にしてちょうだい……！』

南の言葉がぐるぐると頭の中を回って離れない。

マンションに向かってとぼとぼ歩いていると、バッグの中のスマホが震える。

もしかしてとスマホを取り出すと、やはり白臣からの着信だった。

『仕事が一段落したから電話したんだ』

「お……お疲れさまです」

まさかこのタイミングで連絡してくるとは思わなかったが、白臣の気遣いなのだろう。動揺しつつも唇を噛みしめて立ち止まる。

「あの……。私も、ちょうど話したいって思ってました」

絞り出した声は、自分でもびっくりするくらい落ち着いていた。

『そう？　嬉しいな』

電話の向こうの白臣の声が少し柔らかくなる。

その微妙な変化がなんだか胸に詰まる。彼の顔が当たり前のように目に浮かぶ。だが今はその優しさがつらかった。

夏帆はぎゅっと拳を握り、声を絞り出す。

「——白臣さんは、私がかわいそうだから結婚しようって言ったんですか？」

『――え？』

唐突とも言える夏帆の問いかけだが、珍しく白臣が動揺する気配があった。

「どうして私、気づかなかったんだろう……白臣さんが〝訳アリ〟だから結婚できないなんて、あり得ないのに」

『夏帆』

白臣の声がかすかに揺れる。

「私、そんなにかわいそうですか？」

そう口にした瞬間、鼻の奥がツンと痛くなった。

（私はお姉ちゃんと違って、なんにも持ってないから）

声が震えたのに気が付き、奥歯を噛みしめる。

「――もちろん、私がそんなことを言える立場じゃないのはわかってます。白臣さんから見て私、危なっかしいんだろうし……両親のことも、甘えてしまった……でも、私は、もし本当に白臣さんが困ってるなら、力になりたいって……本気で……！」

夏帆は必死に気持ちを抑えながら、言葉を絞り出した。

するとと電話の向こうの白臣が『もしかして、誰かになにか言われたのかな？』と低い声で尋ねる。

さすが白臣だ。こちらの質問には答えないまま、夏帆の態度からすでに原因を感じ取っている。

やはりこんな男が〝訳アリ〟なはずがなかった。なにもかも彼の手の上だった。

夏帆が嗚咽《おえつ》を噛み殺したところで、突然向こうから高い声が響いた。

『白臣くん、どしたの〜？　まだ電話終わらない？』

「――っ⁉」

その声を聞いた瞬間、頭から冷水をぶっかけられたような気になった。

だってそれは間違いなく、姉、春海の声で――。

なぜ、どうして？

出張に行ったはずの白臣がなぜ春海と一緒にいるのだ。

もしかして出張なんて嘘だった？

脳裏にボストンバッグを持って出ていった白臣の姿が浮かぶ。

ふたりで旅行？

（やっぱりお姉ちゃんと……そう、だったんだ……）

その事実に気づいた瞬間、全身からすうっと血の気が引いた。

「うそ、つき……」

白臣は夏帆に嘘をついた。

春海となにも話してないなんて嘘だったし、ふたりは一緒にいる。やはり自分は蚊《か》帳《や》の外だった。なにひとつ、本当のことを教えてもらえない関係だったのだ。

『あっ』

白臣が戸惑う声が耳元で響く。

『待って、夏帆』

「～～ッ……！」

「どうして……？」

足がガクガクと震えて、眩暈が止まらない。喉が締まり息が吸えない。

夏帆は大きく息をのみ必死に声を絞り出した。

『夏帆、待って。違うんだ』

聞いたことがないような白臣の焦った声に、喉がぎゅうっと締め付けられる。

「なにが違うんですか……」

『夏帆、ごめん、でも本当に誤解なんだ、これは仕事で……！』

「仕事なら、どうして嘘をつく必要があるんですか！」

「それは……その……そのほうがいいかなと思って。ごめん」

白臣の謝罪の言葉は、これが誤解でもなんでもないことを表していた。

白臣は春海と一緒にいる。夏帆にバレたくないから、仕事だと嘘をついた。

「なにそれ……。そのほうがいい、なんてっ、馬鹿にして……。もうっ、もうっ……いっそお姉ちゃんと結婚したらいいじゃないですかっ！」

夏帆はそう叫び、通話を切断していた。

スマホを握りしめた指は真っ白になっていた。

「うっ、ひっ……ううっ……」

電話を切った途端、涙が堰《せき》を切ったように溢《あふ》れてきて、うまく息が吸えなくなる。

熱い涙が頬を焼く。

ひりひりと、じりじりと、夏帆の柔らかい心を焼いてゆく。

胸が苦しい。息ができない。

まさか出張と偽ってふたりでいるとは思わなかった。

想像もしなかったし、白臣を信じていた。あまりにもつらい現実を突きつけられて、心と体がバラバラになって砕け散ってしまいそうだ。

「もうっ、やっ……うぅ……っ……」

道の端っこでひとりで泣いている女など不気味すぎる。嗚咽をこらえるために奥歯を噛み、頬を伝う涙を強引に手の甲でぬぐっていると、白臣から着信があった。

「――」

夏帆はスマホの電源を無言で切断する。

切れた後も、ぎゅうぎゅうと親指に力を込めた。

あれほど大好きな白臣の声でも、今は聞きたくない。

だがうつむいたまま歩を進める夏帆の耳の奥で、『夏帆』と名前を呼ぶ白臣の声がガンガンと響いていたのだった。


「お帰りなさいませ」

いつも変わらない様子で出迎えてくれるコンシェルジェにぺこりと頭を下げ、とぼとぼと最上階の部屋に戻る。

(初めて白臣さんに大きな声を出してしまった……)

どれだけ息を吸っても、頭がぼうっとしている。

背中でばたんとドアを閉めた途端、

「……っ」

我慢できなくなった夏帆は靴を慌ただしく脱ぎ、白臣の書斎に飛び込んでいた。

『仕事関係のモノしか置いてないから、掃除はしなくていいよ』

白臣はそう言って、同居初日から夏帆をこの部屋に入れようとはしなかった。

もしかしたらここに、姉と通じている証拠のようなものがあるかもしれない。

「ごめんなさい……入ります」

この場にいない白臣に謝りながら、部屋の中を見回した。

彼の書斎は落ち着いた雰囲気だった。角部屋になるので二か所窓があり、片方の窓に面してデスクとチェアが設置されている。背後は壁一面の本棚で、ぎっしりと美術書や画集などが収まっていた。デスクの上にはノートパソコンとデスクトップ型が置かれている。

夏帆は持っていたバッグを床の上に置き、一番怪しそうな、本棚の下の段の収納ボックスに手をかけた。

「本当にごめんなさい……」

いけないことをしている自覚はあるので、必死に謝りながらボックスの中身を取り出す。いかにもビジネスっぽいものは無視してファイルをめくっていた夏帆は、あるものを発見して息をのむ。

「これは……」

それは夏帆が今までおじさま宛てに出した、手紙やハガキの数々だった。十八歳から二十二歳を過ぎた今まで、そう——引っ越し初日にこのマンションで書いた最新の手紙まで全部ある。

「本当だったんだ……」

正直言って、南に説明された時は嘘だと思いたい気持ちが勝っていた。興信所に調べさせた資料を見ても、夏帆を陥れるために作った嘘の報告書ではないかと疑っていた。白臣は自分を騙《だま》したりしないと思っていた。

だが違う。

〝篤志家のおじさま〟は白臣だった。

高校三年になって、進路を迷い始めた時期に、教師を通じて給付型奨学金の基金のことを知った。あれはたまたまではなかったのだ。

槇白臣なら夏帆が通っていた私学にも話が通じる。きっと教師を通じて手を回してくれたに違いない。彼はおそらくそれよりも前から夏帆を見守っていて、夏帆が路頭に迷いかけるたびに手を差し伸べてくれていた。

白臣を助けるつもりで結婚を決めたはずなのに、本当はそうじゃなかった。七年前からずっと見守られていたのは、自分だった。

しかも今度は、好きでもない女を憐れんで結婚まで〝してくれようと〟している。

夏帆が、姉と比べてなにも持っていない女だから。

「……バカみたい」

夏帆の唇から自嘲した笑みがこぼれる。

大人として扱ってほしいと望んだ自分は、結局最初から白臣の手の上だった。

彼にふさわしい女性になりたいと、必死になっていた自分が心底恥ずかしい。

最初から彼が保護するべき〝チビちゃん〟でしかなかったというのに――。

夏帆は何度も深呼吸を繰り返しながら、震える手で膝の上のファイルを閉じ、自分のバッグに突っ込んでいた。

彼はどんな気持ちで夏帆の手紙を読んでいたのだろう。あまりにも滑稽《こっけい》で情けなくて、この世から消えてしまいたい、最悪な気分だ。

しばらくそうやって床に座っていたが、いつまでもこうしているわけにはいかない。

「もうここにいられないよ……」

夏帆はふらふらと立ち上がり、自分に与えられていた部屋に向かう。もう心は決まっていた。

夏帆は荷物をまとめてアパートに戻った。そもそもちょっとした勉強道具と少々の衣類しか、白臣のマンションに持ってきていなかった。自分で段ボール箱に詰めて宅配便で送るだけで、苦労はなかった。

「アパート引き払わなくてよかったぁ……」

ホッと胸を撫でおろし、軽く掃除をした部屋を見回す。身の回りの荷物は明日届くが、大半のものはそのままなので、すぐにいつも通りの生活が戻ってくるだろう。

しまい込んでいたシーツなどを引っ張り出し、シングルベッドにかける。

時計の針は、気が付けば夜の十時を回っていた。

夏帆は着ていたコートを脱ぎ、ごそごそとベッドの中に潜り込む。

これからどうしよう。当然白臣とは一緒に住めないし、結婚なんてもってのほかだ。

両親のこと、姉のこと。いろんな事情が頭の中をぐるぐると回っている。

考えれば考えるほど頭痛がひどくなり、眩暈がする。

(もう、やだ……なにも考えたくない……)

世界に自分がひとりぼっちな気がして、たまらなかった。

翌朝――カーテンの隙間から太陽の光が差し込んで、瞼の上をなぞる。

「ん……」

頭を動かすと、こめかみのあたりに激痛がした。そして全身をゾクッとした寒気が包み込む。

「ヤバい……風邪引いたかも……」

夏帆ははぁとため息をつき、体を起こしベッドから抜け出した。

電気ケトルでお湯を沸かしつつ、クローゼットから冬用のパジャマを取り出して、ごそごそと着替える。ガラスのカップに手作りのジンジャーシロップを垂らし、紅茶のティーバッグをひとつ入れる。ジンジャーティーだ。

ふうふうと息をかけて覚ましながら、それを飲んでいると、少しだけ体が温まってきた。飲み終えたところで漢方薬を飲む。

「にが……」

思わず唇が尖ってしまうが仕方ない。夏帆は軽くため息をついて、またベッドの中に潜り込んだ。ちなみに熱を測ると七度五分だった。

(きっとこれ、知恵熱だわ……)

滅多に体調を崩さないという自信があったが、夏帆の心は、昨日一日でペラペラになるまで削り取られてしまった。心が弱ると体まで弱ってしまう。今はとりあえず自分を守るため、丸まって小さくなっているしかない。

昨晩は考えたくないと思ったが、いつまでも現実逃避をしているわけにはいかない。

(私が白臣さんからもらった奨学金は全額返金しなきゃ)

働き始めたら基金に、毎月寄付するつもりではあったのだ。それが白臣への返済に変わるだけ。そう思えば大したことはない。

そうやってしばらくベッドの中でうつらうつらしていると、玄関のチャイムが突然鳴り響いた。

「…………」

一瞬どうしようか迷ったが、昨日手続きした荷物が宅配便で届いたのかもしれない。夏帆は起き上がってロングカーディガンを羽織り、重い足取りで玄関へと向かった。

そしていつもの習慣でドアスコープを覗き込んだ夏帆は、衝撃を受けた。

なんとそこにコート姿の白臣が立っている。見間違いではない。あんな上等な男を間違えるはずがない。

「っ……」

驚いて思わずふらついてしまい、ドアに手をついてしまった。その瞬間、ガタンと音がして息をのむ。

同時にドアの向こうの白臣がハッとしたように目を見開いた。

「夏帆、やっぱりこっちにいたんだ」

「――」

「スマホの電源は切ってるし、マンションにもいないし……探した。話がしたい」

白臣の声は切羽詰まっているように聞こえた。

帰ってくるのは今日の午後だったはずだ。連絡が取れなくなった夏帆のために、午前中の飛行機で帰ってきたのだろうか。

だがそのことを素直に受け取る気にはなれなかった。

(話がしたいなんて……)

白臣はきれいな顔で、なんのためらいもなく嘘をつく男だ。彼がその気になれば、夏帆なんか赤子の手をひねるように簡単に、篭絡《ろうらく》できてしまう。

夏帆は何度か深呼吸して、それから声を絞り出した。

「白臣さんと、話すことはないです」

夏帆はそう言って、ドアにもたれかかって言葉を続ける。

「白臣さんなら、私を言いくるめるのなんて簡単でしょう?」

「え?」

「奨学金のことも、お姉ちゃんのことも……黙ってた」

　そう口にした瞬間、また昨日のみじめな気持ちが込み上げてきて、鼻の奥がツンと痛くなった。

「この四年で援助していただいたお金は、働いて返します」

「夏帆……頼むから僕の話を聞いてくれないか」

「なにを話すんですか？　白臣さんは最初から私と話すつもりもなかったし、これからもずっと騙し通すつもりだったんですよね……？　白臣さんの言うこと、信じられません」

　自分の口からこぼれる冷たい言葉に、血の気が引いた。

　本当はわかり合いたかった。たとえ彼にとって自分が未熟な存在でも、それでも夏帆は白臣とわかり合いたいと思っていた。

　だがそれは夏帆の独り相撲だった。白臣は夏帆をペットかなにかとしか思っていないのだから。

　体が、心が、石でも飲み込んだかのように重くてたまらない。

「帰ってください」

「夏帆……」

ドアの向こうから切なげな白臣の声が響く。

（白臣さん……）

彼の声ひとつ聞いただけで、心が揺さぶられてしまう。本能が彼を求めてしまう。

だがここでドアを開けたら、夏帆はまた同じことを繰り返すだろう。

どれほど辛くても、ここで決別するしかない。

「帰ってください……二度とっ、二度と、ここには来ないで……！　私はもうっ、チビちゃんじゃありませんっ！」

夏帆はケホケホと咳《せき》をしながら部屋の奥に戻り、ベッドに身を横たえる。

白臣にひどいことを言ってしまった。話をしたいと言われたが拒否した。顔すら見なかった。あれほど彼の気持ちを知りたいと思っていたのに。

（だって、話をしたら、全部信じちゃう……）

白臣に言われたら黒も白になってしまうに決まっている。

彼のことが、好きだから――。

「――か、ほっ……！　夏帆っ！」

遠くから、白臣の切羽詰まった声とドアを叩く音が聞こえた。

（うるさい、うるさい、もう私に構わないで……！）

夏帆は逃げるように、さらに毛布の中に潜り込む。

「うぅ……ケホッ……ケホケホッ……」

咳と一緒に涙が噴き出て頬を伝い落ちた。

（苦しい……もう、死んだほうがマシってくらい最悪だ……）

枕に顔をうずめて、夏帆は嗚咽を漏らしたのだった。


どうやら泣いているうちに寝落ちしてしまったようだ。枕元に置いていたスマホの着信で目が覚めた。ディスプレイには由美の名前が表示されている。通話をタップして耳に押し当てる。

「もしもし……」

『あっ、夏帆〜？　てか声変じゃない。どしたの』

「ごめん、ちょっと風邪引いちゃったみたいで……寝てた」

ケホケホと咳をすると、由美が慌てたように声をあげた。

『えっ、大丈夫なの？　近くに来てるから、お茶でもできないかなって思って連絡したんだけど』

「熱があってちょっと無理かも……ごめんね」

『いやいや、いいって。あっ、そうだ、いろいろ買って持っていってあげようか。渡したらすぐ帰るからさ』

「……いいの？」

家の中にはなにひとつ食べるものがない。だがこの様子でこれから買いに行くのは無理そうだと思っていたので、正直言ってものすごく助かる提案だった。

『おっけい。じゃあ適当に買って持っていくよ』

由美は軽やかにそう言って、電話を切った。

「たすかった……」

夏帆はまた毛布の中に潜り込む。

それからしばらくして、玄関のチャイムが鳴った。ふらふらと起き上がりドアスコープを覗き込む。今度は間違いなく由美だ。チェーンを外してドアを開けると、由美が「おじゃまします～」と中に入ってくる。

「はい、これ。お見舞いだよ」

近所のドラッグストアのビニール袋を受け取る。温めるだけのおかゆや清涼飲料水、ゼリー、さらに冷却シートや風邪薬まで入っていた。至れり尽くせりだ。

「ありがと～……すっごく助かる。あ、お金……」

怪しい足取りでバッグのもとに向かおうとしたところで、由美が慌てて夏帆の体を支えた。

「今度でいいよ、今度で。レシート中に入ってるからさ。薬飲んで寝なさい」

「うん……ありがとう」

ぽやぽやとうなずくと、由美は夏帆の様子を窺《うかが》うようにじいっと顔を見つめる。そして「あのさぁ……」とためらいがちに口を開く。

「――ん？」

夏帆が首をかしげると、由美は慌てたようにぶんぶんと首を振った。

「いやいや、なんでもない。熱は？」

「七度五分だったかな。今日寝れば下がると思う」

滅多に風邪を引いたりしないが、平熱が低いので少しの熱でもだるくてたまらなくなるのは、昔からだ。

「そっか……。なにかあったら連絡してね。じゃあまたねっ」

「ありがとう」

由美を見送った後、冷却シートを額に張り付け、飲料水を枕元に置き目を閉じる。

白臣のことを考えたくなかったのに、案の定、彼の夢を見てしまった。

それは彼との今までの思い出を、優しく包み込む温かい夢だった。

幼稚園児で初めて彼に会った日。〝チビちゃん〟と頭を撫でてもらった日。

年に数回、白臣に会えるのが楽しみで仕方なかった。

彼と過ごす日々で、嫌なことは一度もなかった。

ずっとずっと白臣のことが大好きだった。彼が笑ってくれたら嬉しかったし、時折、どこか居場所がないような顔をしている白臣を見るとつらかった。

確かに白臣から提案された結婚は、愛とは無縁だったかもしれない。

釣り合わないとわかっていたし、両親のこともあるからと理由をつけて受け入れたが、彼を支えたいと本気で思ったから結婚を承諾したのだ。

彼に嘘をつかれたとわかった今でも、白臣が好きだった。

白臣を愛している。自分よりもずっと大事だと思う。

(好きだったのに……本当に、好きだったのに……私には白臣さんしかいなかったのに……)

眠る夏帆の伏せたまつ毛の下から、涙が溢れこめかみを伝って落ちる。

「ごめん」

なぜかすぐ近くで、白臣の声がする。

「……ごめん。傷つけて、ごめんね」

彼のことが好きすぎて幻聴が聴こえるようだ。我ながら情けない。

「君をすべての苦痛から遠ざけたくて……守ってるつもりだった。それでいいことをしたつもりになっていた。でも、それが君をこんなに傷つけるなんて、想像すらしなかった……。君はもう、本当に子供じゃないって知ってたのに。本当に、これは正常な関係じゃなかったね」

優しい指先が、そうっと頬を伝った涙をぬぐう。

「――でも、僕は本気だったよ」

吐息と共に瞼に触れたのは彼の唇だろうか。

こんな優しい夢なら、ずっと見ていたい。

夏帆はそう思いながらさらに深い眠りに落ちていったのだった。


目を覚ましたのは夕方だった。たくさん汗をかいたのか、だいぶスッキリしている。

ベッドから体を起こし、白湯《さゆ》を飲んで部屋の中を見回した。

玄関でなにかがきらっと光ったような気がして、夏帆は立ち上がりそれを見に行く。

「――あれ」

なぜか夏帆の部屋の鍵が靴の横に落ちていた。

（そういえば私、戸締まりした記憶がないかも……）

買い物袋を受け取って、そのままふらふらと寝てしまったような気がする。

もしかしたらそれに気づいた由美が、鍵をかけてドアポストから部屋の中に落としてくれたのかもしれない。

「元気になったら由美にお礼しなくっちゃ」

夏帆は大きく息を吐いて、それからまたベッドへと戻る。

スマホの充電はとっくに切れていたのでケーブルを繋ぐ。起きたらやらなくてはいけないことはたくさんあるが、今日くらいはなにも考えなくても許されるだろう。

そう自分に言い聞かせ、目を閉じたのだった。

「君じゃないとダメなんだ」

「お母さんの手術、うまくいってよかったね」

「ああ、そうだな」

麻酔が効いている母はまだＩＣＵで眠っている。

夏帆は病院の食堂で父と今日初めての食事をとりながら、ホッとしたようにうなずいた。

白臣のマンションを出てから数週間、今日はクリスマスだ。

両親に白臣のことをどう話すか迷いながら帰省したのだが、両親は白臣からなにも聞いていないようだった。

それどころか「白臣君から連絡があったよ」と言われて死ぬほど驚いた。

「えっ？　白臣さんから連絡があったの⁉」

「ああ。手術の日に付き添えなくてすみませんって。あと、お母さんの健康状態を考えて、結婚式は延ばしましょうって。となると秋以降くらいになるかもしれないね。でもそのほうが安心だよ。お母さんも自分のために延期してほしいって言えなかったみたいだから、ホッとしていたよ」

「──そっか」

さらりとうなずいたが、内心は結婚式の延期と聞いて、心臓が口から飛び出しそうなくらいドキドキしていた。

「いやぁ、白臣くんは本当にいろいろ考えてくれているね。お母さんもすごく喜んでてねぇ……」

父が目を細めてお茶を飲んでいるのを見たら、夏帆はなおさらなにも言えなくなった。

(白臣さん、お母さんのためにとりあえず結婚するふりをしてくれるんだ……)

今日、帰省するにあたって両親にどう説明しようかと思っていたが、とりあえず先延ばしができたようである。

「それで、お姉ちゃんは?」

「仕事が忙しいみたいだね。でもたまに連絡をくれるよ」

父は目元にしわを寄せつつ微笑む。

「もともと、家に収まるタイプじゃなかったんだろうなぁ……。でもまぁ、今は本当に幸せだって言ってたから、安心したよ」

父はしみじみとうなずいていた。

『今は本当に幸せ』

その言葉を聞いて、胸が詰まる。

どうやら姉は白臣とうまくいっているらしい。

(ふたりで私に黙って旅行するくらいだし……そうだよね)

その場面を想像するだけで、ぎゅうっと胸が締め付けられるが、父の前で泣くわけにはいかない。

「お前はどうだい、夏帆。幸せかい？」

その些細《ささい》な表情の変化に気づいたのか、父が少し心配そうな顔をする。

「えっ、うん。うん……」

えへへ、とごまかすように笑うと、父はホッとしたように目を細めた。

「来年にはお前の花嫁姿が見られるんだもんな」

先に食事を終えた父は病室に戻っていった。

(なんだかまだ、夢を見ているみたい)

七年ぶりに彼に再会したことも、求婚されたことも。

短い期間、一緒に住んだことも全部。

夏帆はなんとかうどんを半分ほど食べた後、食堂からぼうっと中庭を見つめた。

母が入院した病院は地元でも一番大きな総合病院だ。小児科もあるからか、院内のあちこちにはクリスマス風の飾りが目に入る。

「――」

本当は今頃、白臣と過ごしているはずだった。クリスマスのごちそうとして、チキンとケーキを焼くつもりだった。

彼に用意したハンカチは結局最後まで仕上げられないまま、クローゼットの奥にしまい込まれている。

(声が、聞きたいな……)

なにげなくスマホを取り出し、白臣の電話番号を表示させる。

自分から顔も見たくないと言って話し合いを拒否したのだから、もちろんそんなことはできないのだが――。

じわっと涙が浮かび、ぽたりとスマホの液晶の上に落ちた。

「っ……」

慌てて手の甲でぬぐったが、涙は収まらなかった。

病院で泣いている女など周囲を不安がらせるだけなので、慌てて指で液晶部分をぬぐっていると、急に着信が入る。名前を見て心臓が口から飛び出そうになった。

『槇白臣』

だが次の瞬間、涙を拭いていた夏帆の指は勢い余って切断ボタンに触れてしまっていた。着信は当然そこで終わる。

「やだっ……」

夏帆は慌ててたった今の着信履歴を表示させたが――ダイヤルを押す直前、ふと思い出した。

（もしかしたら今、お姉ちゃんと一緒にいるのかも……）

今日、母の手術が終わった。ある種の区切りだ。電話をかけてきたのは、正式に夏帆とのことをなかったことにする、という宣告のためかもしれない。

（改めてそんなこと言われるの……つらいよ）

傷も癒えないまま、つらい現実に向き合わされるくらいなら、見ないふりをしたほうがマシだ。

夏帆はぎゅっと唇を引き結び、それから着信履歴を削除したのだった。

年末年始は、実家で過ごした。

術後の母も元気そうで一安心したのだが、

「夏帆ちゃんの花嫁姿が見られるのが楽しみよ」

と言われてギクッとした。「そっか」と、あいまいに微笑むことしかできなかった。

いつまでもごまかせるとは思えないが、もう少し自分の気持ちの整理がつくまでは黙っているつもりだった。

(せめて、春が来るまでは……)


そうやってゆっくりと実家で過ごした後、大学が始まる頃に東京に戻った。

卒論は去年末に提出済みなので、あとは卒業を待つだけだ。

由美含め、大学内で親しくしていた女友達と旅行にも行った。それからはひたすら資格のための勉強を重ねる日々だった。奨学金の返済のために一刻も早く資格を取得したかった。

そしていざ、念願の社会人になってからは怒涛の日々が続いた。

税理士法人では、四月は三月決算の企業の税務申告業務がピークで、税制改正が適用されることが多いので勉強もしなければならない。さらに五月、六月は法人税などの確定申告が待っており、残業どころか終電、休日出勤もざらという激務だ。

一年目だからと多少は気遣ってもらえるが、夏帆は自分から率先して激務に身を投じた。周囲からは『そんなに頑張らなくても』と言われたが、仕事に没頭して白臣のことを考える時間を、一分一秒でも減らしたかったのだ。

正直、無駄な努力でしかなかったのだが――。

働きだしてすぐ、先輩について取引先に行った時、背格好が似た人を見て思わず涙ぐんだ。

家で食事を作っている時、そういえば白臣はお豆腐とわかめのお味噌汁が一番好きだと笑っていたな、と思い出して耐えられなくなった。

春になったら白臣と決別すると決めたのに、そんなことはできなかった。

（なにをしても、白臣さんのことを考えてしまう……。私、バカだなぁ……）

一緒に暮らしたのはほんの少しの間だったのに、夏帆の心は白臣一色に染め上げられている。仕事くらいしか紛らわせる方法を見つけられなかった。

両親からは時折連絡が来たが、夏帆のあまりの激務ぶりを知って次第に遠慮するようになっていた。

結婚式のことは一切口にしないので、もしかしたら白臣から伝え聞いたのかもしれない。

夏の気配はすぐそこまで近づいていた。

「休日出勤した分、七月に全部振り替えてくれ。長期休暇にしてくれてもいいぞ」

「えっ、長期休暇？」

ようやく業務が落ち着いてきた六月の最終週、上司に呼び出されたあげく、休暇を取れという発言に夏帆は固まってしまった。

「えっとその……私、休みたくないんですが。出勤してはだめでしょうか」

自由になる時間があるのは困る。絶対に考えたくないのに、白臣のことを考える時間ができてしまう。

「――休みなさい」

デスクに座った上司は夏帆の発言をあっさりと却下する。

「はい……」

結局七月の後半に長期休暇を取らされることになった。

（やだなぁ……でもいい加減、実家に帰って白臣さんのこと話さないとだめだよね……）

気が重いと思いつつ、しおしおとデスクに戻ると、隣の席の同僚が、無駄に長い足を組んでこちらを見上げてくる。

「お前、休みたくないってなんで？」

「休んでもすることないので」

同僚は夏帆の教育係で、夏帆のひとつ年上の先輩だ。口は悪いが仕事はできるので信頼している。

「ふぅん……」

彼は頭の後ろで手を組んだまま、にやりと唇の端を持ち上げた。

「デートする相手もいないなら、俺がしてやろうか」

「や、いいです」

真顔でぷるぷると首を振ると、彼は「ほんとお前、鉄壁ガードだなぁ」とため息をついた。

「俺、結構モテるんだけど」

「知ってますよ」

夏帆は小さく笑って、さらりとモテ男の言葉を聞き流しつつ、顧客のアポイントメールのチェックを始める。

そう、この教育係の先輩は、小学校から大学までエスカレーター式の名門私立を卒業している上に、激務と評判のこの法人にいながら一年で税理士試験に合格した強者《つわもの》なのだ。税理士登録は実務経験が二年必要なので登録は少し先だが、将来性はばっちりだった。

顔も頭もいい男がモテないわけがない。顧客から何度も連絡先を聞かれたり、合コンのお誘いを受けていたのを、このたった三か月で腐るほど見ていた。

彼は頬杖をついて、夏帆の顔を覗き込んできた。

「俺じゃだめ？」

その問いかけはこれまでの冗談めいた声色とは違っていた。

今までスルーしてきたが、その声に熱を感じた夏帆はキーボードを打っていた指を止めて、目を伏せる。

「——先輩がどうこうっていうんじゃないんです」

夏帆の心は幼い頃からずっと白臣に囚《とら》われているし、もう会わないと決めた今でも、やはり白臣のことを思わない日はない。

白臣から求婚されなかった以前に戻っただけ。これぱかりはどうしようもない。

「そっか……」

夏帆の言葉を聞いて、彼もなにか察知したようだ。

「適当に女の子誘って海でも行くかな〜」

と、軽い調子で肩をすくめた。

「そうしてください」

彼の気遣いに感謝しながら、夏帆も笑ってうなずいた。


仕事を終えて家に帰る。

結局夏帆は、あの小さなアパートにそのまま住んでいる。会社に近いところに引っ越そうかと何度か考えたが、行動には移せないままだった。

(私って本当に、環境を変えることが苦手なたちなんだなぁ……)

石橋を叩いても渡らない自分の性格に呆れつつも、職場の最寄りの駅の改札を通って電車に乗り込む。入れ違いに目の前の席が空いたので腰を下ろすと、隣の女性が「夏帆?」と顔を覗き込んできたので仰天した。

「えっ、由美ちゃんっ?」

まさか帰宅途中の電車の中で、友達に会うとは思わなかった。ベンチャーに勤める由美とは、たまにメッセージのやりとりはしていたが、顔を合わせるのは久しぶりだ。

「今日は早いんだね。やっと繁忙期終わったの?」

「うん、そうなの。七月から少し楽になるみたい」

夏帆がうなずくと、由美がパッと顔を輝かせる。

「そっかぁ～。じゃあ来月ごはんでも行こうよ」

「うん、行く行く！」

それからしばらく、お互いの近況などを語り合う。由美は企画部でバリバリ頑張っているらしい。それから取引先に恋人ができた、と少し照れた様子で口にした。

「おめでとう」

友達の幸せは素直に嬉しい。ニコニコしていると、由美が声を抑えてささやく。

「それで夏帆は、槇さんとどうなったの？」

その声色はどこか弾んでいる。

「えっ、白臣さん？　別にどうにも……」

そう言いかけて違和感に気が付いた。

「由美、どうして白臣さんのこと知ってるの？」

「あっ」

その瞬間、由美がしまったと言わんばかりに顔を強張らせ口元を手のひらで押さえる。彼女が白臣に会ったのは、あの合コンの時だけのはずだ。そして彼はあの場で名乗ることはしなかった。

「えっ、なんで……？」

すると由美は困ったように視線をさまよわせた後、隠し切れないと思ったのか、口を開く。

「それはさ〜……えっと……覚えてるかなぁ。去年、夏帆が風邪引いて寝込んだ時に、家行ったじゃん」

「うん。覚えてるよ」

「あの日、槇さんと話したんだよ」

「――え？」

白臣は確かに家に来た。だが顔も見ないで追い返したはずだ。

それから数時間後に由美は来たと思うが、彼はその間ずっとアパートの近くにいたということになる。

なんのために？　もしかして夏帆が出てくるのを待っていたのだろうか。

だがあまりにも非効率すぎて、槇白臣がすることだとは思えなかった。

茫然とする夏帆だが、由美は当時を思い出したのかちょっとしんみりした顔になる。

「槇さんは覚えてなかったけど、こっちは絶対に忘れないからさ〜。なんでこんなところにいるんですかって聞いたら、ドアを開けてもらえないって。優しい夏帆に限ってそんなことある？　って不思議だったけど。まぁ、男女のことはいろいろあるし。喧嘩しちゃったのかなって」

「………」

「風邪引いたみたいだって言ったらすごく驚いて心配してたよ。あたしが夏帆にお見舞い渡した後は、ちゃんと戸締まりしたか気にしてた」

「——かけてなかった」

「やっぱり〜。それ聞いて、槇さん慌ててアパートにダッシュしてたもん」

由美は笑って目を細めると、言葉を続ける。

「あの人、夏帆のことほんとに大事にしてるし、大好きなんだね」

大好き——。裏のない由美の言葉に、胸がぎゅっと苦しくなる。白臣から『戸締りに気を付けて』と何度も言われたことを、思い出していた。

「そんなことないよ。白臣さんは大人だし、私ばっかり必死で……」

すると由美はなにを言っているのかと言わんばかりに、肩をすくめる。

「いや、あるでしょ。合コンの時も思ったけど、あんな超ド級のいい男が、部屋に入れてもらえないってしょんぼりしててさ。さすがに本人には言えなかったけど、夏帆に恋してるんだな、かわいいなって思ったよ。鍵かけてないかもって聞いて、全速力で走っていく姿もかわいくて、きゅんとしちゃった。自信持ちなよ、すっごい愛されてるんだからさっ」

そこで電車のアナウンスが由美の降りる駅の名を告げる。

「じゃ、またねー。連絡するねっ」

「う、うん……」

由美は跳ねるように座席から立ち上がり、人をかき分けて電車を降りていった。

彼女の言葉が頭の中でぐるぐる回っている。

(白臣さんが、私のことを好き？　必死だった？　愛されてる？)

まさか、そんなはずない。夏帆は彼と再会して、そんな可能性を一度だって考えたことはなかった。自分ばかりが彼を好きで、憧れて、報われない片思いに胸を痛めていると思っていた。

(そうよ……好きだなんて……あり得ないわ)

彼は確かにたまに嫉妬したふりなんかをしていたけれど、あれはポーズだろう。そうに決まっている。

ふわふわした足取りでそのまま自宅のアパートに到着した夏帆は、バッグを置いてすぐ、本棚に押し込めていたファイルを取り出していた。

それは夏帆が四年にわたって出し続けていた〝おじさま〟への手紙だ。

こうやって見るのはあの時以来——本当に久しぶりだった。

「……白臣さん、わざわざ転送された手紙、読んでくれてたってことよね」

騙されていたと知った時はみじめな気持ちになったが、夏帆からの手紙やハガキを一通一通ファイリングしていたのは、もしかしたら何度も読み直してくれていた、ということなのだろうか。

ペラペラとめくっていると、最後に見覚えのないカードが挟まっているのに気が付いた。

「これは……？」

手に取るとそれはクリスマスカードだった。天使の横顔が水彩画の優しいタッチで描かれている。夏帆が送ったものではない。

「あっ……」

裏返して息をのむ。

それはまさに〝おじさま〟の筆跡だった。

【メリークリスマス。いつも手紙をありがとう。

四年間、本当に頑張りましたね。我がことのように嬉しいです。

最初は金銭的にあなたを支えられればいいと思っていたのに
気が付けば僕は、あなたの頑張りに何度も励まされてきました】

精緻《せいち》で美しい文字で、おじさまから夏帆への感謝の気持ちが綴《つづ》られている。

（私がおじさまを――白臣さんを励ましていた……？）

信じられない気持ちを抱きながらも、さらに文字を追いかける。

【僕は生まれてからずっと、どうしようもなく冷酷な人間でした。

他人に興味が持てず、好かれても嫌われてもどうでもいいと思っていました】

赤裸々な告白に夏帆は目を疑う。

彼ほど人当たりのいい人はいないと思っていたが、あれは〝興味がないことの裏返し〟だったのだろうか。ドキドキしながら読み進める。

【けれど人は僕が思うほど単純ではなかった。
僕にも当たり前のように心があった。
そのことに気づいてから、今までよかれと思って黙っていた事実を
あなたに隠してきたことを後悔し始めています。
だから今年のクリスマスカードは郵送ではなく
直接渡したい。
話すべきこと、伝えたいことがたくさんあるから】

直接——その文字に心臓が跳ねる。

【今、これを読んでいる君はどんな顔をしてる?
怒っているかな。それとも笑っているかな。
でもできれば最終的に許してほしい。君とずっと一緒にいたい。
僕は人生で初めて、人に嫌われたくないと思っています。
槙白臣】

槇白臣。

きれいな字で書かれたその文字を見て、涙がぶわっと溢れた。

「今年のカードは、手渡しの予定だったたってこと……？　もしかして私と本気で、一緒になろうって思ってくれたの……？」

クリスマスカードには白臣の本当の心が記されていた。

誰にも明かさなかった、見せなかった白臣の本心。

彼の心の形を、輪郭を、色を、思いを確かめるように、夏帆は美しい万年筆の文字を何度も指でなぞる。

「白臣さん……」

ぽろりと涙がこぼれたが、慌てて手の甲でぬぐった。

泣いている場合ではない。白臣に会って確かめなければ。

腕時計で時間を確認する。夜の七時を回っているが、白臣は会社にいるかもしれない。一度動き出した気持ちは止められなかった。

夏帆はスマホをつかんで、無我夢中で部屋を飛び出していた。

カノーロ本社に着いた頃、エントランスはすでに真っ暗だった。当然自動ドアは開かない。少し後ずさりながらビルを見上げる。

(副社長室は……電気ついてる?)

目を細めたり、下から一、二、と数えていると、背後に車が停まる。ガチャリとドアが開く音がして、

「あれっ、夏帆っ⁉」

と、甲高い声がした。

「っ⁉」

振り返ると、春海が後部座席から降りてくるところだった。

「おっ、お姉ちゃん!」

本当は白臣に会いに来たのだが、まさかここで春海に会うとは思わなかった。

(やっぱり……お姉ちゃんと白臣さん、そういうこと……なの?)

もう取り返しのつかないところまで、ふたりの関係は進んでしまったのだろうか。

全身からすうっと血の気が引く。体が硬直し、一瞬でこの場から逃げ出したくなった。

ふたりの間には入り込めない。自分は邪魔者で、仲間外れだという気持ちがムクムクと込み上げてくる。

(私にはなんの取り柄もない……)

だが夏帆はもう逃げたくなかった。震える拳をぎゅうっと握りしめる。

「――話があるの」

「どしたの？　なに？」

どこか気迫すら感じさせる夏帆の表情に、春海がきょとんと目を丸くする。

「私、お姉ちゃんみたいに美人じゃないし、すごい才能も持ってない……でも、譲りたくないっ」

「は？」

「私、白臣さんが好き！　七年ぶりにお姉ちゃんと白臣さんがやり直したとしても、この気持ちはなくせないっ！　諦めたくないっ！　だからこれは宣戦布告っ……みたいなものですっ！」

好きだと叫んだ瞬間、胸がかあっと熱くなった。

こんな大きな声で自分の気持ちを口にするのは、夏帆にとって死ぬほど勇気が必要なことで。恥ずかしいし苦しいし、今でも飛んで逃げたいと思う。

(でも逃げない。絶対に逃げないっ！)

全身がプルプルと細かく震えているのがわかる。

夏帆は目に力を込めて春海を見上げた。

「――えっと」

ぽかんと口を開けた春海が、長いまつ毛を瞬かせた次の瞬間――。

「今の、本当？」

姉の背後から背の高い男が、慌てたようにふたりの間に飛び出してきた。

「っ⁉」

それはスーツ姿の白臣だった。

「今の、僕が好きだって！　えっ、聞き間違い⁉　僕が見てる幻覚かなにか⁉」

白臣は棒立ちになっている夏帆の肩をいきなりつかむと、ぐいっと顔を寄せて恐ろしく真剣な表情で言い募る。

どうやら春海と白臣は同じ車に乗っていたらしい。

（今の、聞かれた……？　いや、私はもともと白臣さんに会いたくてここに来たんだけど、だから、これでいいんだけど……っ！）

羞恥で顔にカーッと熱が集まる。

「え、えっと、あの」

どうしようとしどろもどろになったところで、

「もーっ、じれったいなあ！」

今度は春海が叫び、夏帆と白臣の間に強引に割り込んできた。

「夏帆！」

「は、はい？」

「なにを勘違いしてるか知らないけど、私と白臣くん、全然そういう関係じゃないから！　っていうか、私結婚してるし！　子供だってふたりいるわよ！」

「えっ⁉」

頭をトンカチで殴られたような衝撃を受けて、夏帆はぽかんと口を開ける。

「駆け落ち相手と別れたから、アメリカから帰ってきたんじゃないのっ⁉」

「別れてないわよー！　っていうか帰国したのは仕事だってば！　仕事してる、打ち合わせもしたって言ってたでしょ！　なんでそういう発想になるの⁉」

姉の言葉が頭の中をぐるぐると回る。

確かにこの耳で聞いたはずなのに、理解が追いつかない。

「でっ、でもお父さんに聞かれた時、話したくないって言ったんでしょ？　だったら普通、別れたって思うでしょ！　どういうことなのよっ！」

夏帆の発言に春海は「うっ」とうめき声をあげる。

そしてそれまでの勢いが嘘のように、声のトーンを落とした。

「それはぁ~ダーリンと、夫婦喧嘩《げんか》の最中だったからぁ~……」

姉の口から繰り出される真実に、夏帆は目が点になる。

「え、夫婦喧嘩？」

「そ。ちょうど帰国する直前に大喧嘩しちゃったの。思い出したらムカつくから、パパには聞かないでって言っただけよ」

「──嘘でしょ」

「嘘じゃないわよ。仲直りしたあと、すぐにパパとママには説明したもん。テレビ通話でダーリンと子供たちの紹介もしたし。ふたりとも『春海が幸せでよかった』って言ってくれたもの」

春海は軽く肩をすくめる。

脳裏に父の言葉が蘇る。

『今は本当に幸せだって言ってたから、安心したよ』

母の手術の時、確かにそう言っていた。夏帆は姉と白臣がよりを戻したと思い込んでいたので、その言葉を白臣と幸せに過ごしていると勘違いしてしまった。

自分の気持ちや状況を姉にも両親にも話さなかったので、その結果、夏帆の誤解は誰にも正されなかったことになる。

「じゃっ、じゃあ白臣さんにやり直さないかって言ってたのは……？」

副社長室でのやりとりは、今でも思い出すだけで胸がぎゅっと締め付けられる。

夏帆が半泣きになりながら問いかけると、

「それはさ……白臣くん、相変わらず私に対してなんにも思ってないのがちょっと癪《しゃく》に障ったからというか……」

春海が不満げに形のいい唇を尖らせる。

「どういうこと？」

夏帆が眉根をぎゅっと寄せると、春海はもうどうにでもなれと言わんばかりに肩をすくめる。

「だからね。あんたはちっちゃいから気づいてなかったけど、白臣くんって婚約者の私にすら興味ない男だったの。表面上は優しい男ぶってたけど、誰にでも優しいってそれ裏返せば、誰のこともどうでもよかったからだしね。腹黒のくせに自分は人畜無害ですよって顔してるでしょ。私は白臣くんのそういうすましたところ、本当にだいっっ嫌いだったのっ！」

「え……？」

思わず無言で立っている白臣の顔を見上げる。彼は春海の言葉を否定せず、少し気まずそうな顔をしていたが、否定する気はないようだった。

春海はさらに言葉を続ける。

「七年経っても相変わらずケロッとしてるしさ。目の前で花嫁に逃げられてもノーダメージなのかって、衝撃受けちゃって。もちろん圧倒的に私が悪いってわかってたんだけど、パパから白臣くんと夏帆が結婚するって聞いて、なんだコイツ！　ってムカついたし、こんな男にうちの妹取られそうになってるのかって腹立っちゃってさ。本人に攻撃してもまるで効かないから、夏帆にちょっと意地悪しちゃったの。案の定、夏帆が部屋から出ていった時に『君のそういうところはどうかと思う』って怒られちゃったけど」

春海はてへ、といたずらを叱られた子供のように肩をすくめた。

「なにそれ……」

こうやって話を聞いてみれば、なにもかもがちょっとした勘違いと確認不足からくるすれ違いだったようだ。夏帆が誰かに話せば誤解は解けただろうし、話し合えば問題は解決したとしか思えない。

だがこれは夏帆が誰にも相談せず、つらいことから逃げ続けた結果だ。

本当に自業自得以外の言葉が見つからない。

「全部、私のせいじゃない……」

がっくりと肩を落としていると、

「──夏帆」

黙って話を聞いていた白臣が手を伸ばし、夏帆の手を取る。

「君は悪くない。君はちゃんと話をしようとしていたのに、ごまかしたのは僕だ。そして決定的に君に誤解をさせたのは僕の嘘のせいだ。出張で春海も一緒だったことを黙っていたんだから」

「え……？　あ……あれは、ふたりで旅行したとかじゃないんですか？」

「本当に仕事だったんだよ。急遽《きゅうきょ》出張が決まって。あまりにも急だから、正直に伝えると、かえって怪しい気がして」

白臣がはぁとため息をつくと、春海が代わりに口を開いた。

「先に私がアポとってた企業だったのよ。カノーロの副社長と知り合いだって話したら、ぜひご一緒にって言われて、白臣くんを連れていったの」

「君はかなり強引だった」

白臣が珍しく冷めた表情になる。

「でも、白臣くんだってカノーロにメリットがあると思ってついてきたんでしょ。あなたは仕事人間だし」

とはいえ春海も負けていない。唇を尖らせつつも、ふんっと顔を背ける。

「こんなことになるってわかってたら、行かなかったよ」

「あらあら。夏帆の前だとかわいらしいことを言うのね～！」

春海はホホホと笑い、それから少し神妙な表情になった。

「ねぇ夏帆、ごめんね。パパとママも普通にあんたの結婚式を楽しみにしてるしさ。白臣くんにいたっては、私に結婚式でつけるジュエリーを頼んでくれてたし。夏帆が誤解してたなんて全然気づかなかったのよ」

「え？　ジュエリー？」

「うん。ティアラと指輪ね。わざわざ来日して白臣くんと会ってたのはそのためよ」

夏帆は意味がわからず、白臣の顔を見上げた。

「私たち、別れてたと思うんですけど……」

すると白臣はまたすうっと真顔になった。

「別れてない」

「いや……それは無理があるのでは？　私、マンションを出ましたし。半年以上連絡を取ってなかったですし」

　ほぼ恋愛経験ゼロの自分が言うのもなんだが、普通は別れている状況だと思う。

「僕は承諾していない。部屋はそのままだし、結婚式の準備だって着々と進んでいる」

　白臣はつーんとした表情で恐ろしいことを口にした。

「えっ⁉」

　仰天する夏帆を、白臣はちらりと目の端で見下ろした。

「言っただろう。僕は粘着質なたちだって」

「それは、覚えがありますけど……」

　怒涛の展開に頭がついていかず、ぼうっと白臣を見上げる。

　だがそこでようやく春海が笑顔になり、白臣と夏帆の肩をバシバシと叩いた。

「よしっ、とりあえずこれで誤解は解けたよね？　あんたたちは好き同士よ！　秋に結婚もする！　うん、よかったよかった！　今日はもう仕事どころじゃないし、私もホテルに戻るわ。あとはふたりで話してねっ！」

「えっ、あっ……お姉ちゃん……？」

　そして彼女は止める間もなくくるりと踵を返し、「仲良くするんだよ～」とぶんぶんと手を振り、スタスタとその場を立ち去ってしまった。

（どうしよう……全然頭が働かないんだけど）

別れたつもりなのに別れてなかった。しかも白臣は結婚式の準備も進めていて、姉に結婚式のジュエリーをオーダーしていたという。

この半年の苦悩はいったいなんだったのだろうと茫然としていると、

「夏帆」

白臣が棒立ちになっている夏帆の体を抱き寄せ、耳元で甘やかな声でささやいた。

「とりあえず、今から僕がどれほど君に執着しているか、わからせてあげるよ」

その声は今まで聞いた白臣のどんな声よりも、切羽詰まっているように聞こえたのだった。

わからせてあげる――そう言った白臣の発言には嘘も誇張もなかった。

気が付けば夏帆は車に押し込まれ、白臣のマンションへと連れ込まれていた。

そして息をつく暇もなく、玄関先で激しいキスの雨が降り注ぐ。口の中をかき回す白臣の舌はかすかに甘く、燃える鉄のように熱い。

「ん、あっ……まってっ」

唇が外れた一瞬、慌てて白臣の胸を押し返したが、

「だめ、待たない。もう待てない……」

白臣はかすれた声でそうささやき、ひょいと夏帆の体を抱き上げるとズカズカと部屋の中に入っていく。

「えっ、あっ、ちょっとっ……」

足をばたつかせると、履いていたハイヒールが廊下の上にゴトンと落ちたがそのまだ。靴を大事にしている白臣の所業とは思えない。

(もしかしたら白臣さん、余裕ない……?)

夏帆の体はベッドの上にぽいと投げ飛ばされていた。

「ひゃっ!」

「ごめんね」

まったくごめんという顔をしないまま、夏帆の上に馬乗りになる。

そしてスーツの上着を脱ぎ床に脱ぎ捨て、ネクタイを緩めながら切れ長の目で夏帆を見下ろした。

「あ、あの……白臣さん……まだ、聞きたいことがっ」

「なに?」

「秘書の南さんは、どうしたんですか?」

そう、ここまで車で送ってくれたのは、白臣の秘書と名乗る男性だった。

すると白臣はなにを思い出したのか、憎々しげに眉をひそめる。

「クビにしたに決まってるだろ。もともと取引先からごり押しされただけの秘書だ」

「えっ」

「春海に『あの秘書、白臣くんに気があるから気を付けたほうがいい』って言われてたんだ。まさかとは思ってたけど、夏帆と連絡が取れなくなった時に詰問したら、僕のためにいろいろしてあげましたって自慢げに言うもんだから、半年分の給与を払って、即刻クビにした」

「そ、そうだったんですか……」

クビにしたことも驚いたが、彼女からの矢印に気づかなかったという白臣に、ちょっと驚いてしまう。

「僕は、僕のことを品定めする人間の視線の意味を、いちいち考えたりしないようにしている」

要するに昔から好意を向けられすぎることに慣れているから、最初から無視している、ということだろうか。

茫然としていると、彼は長い指でくしゃくしゃと自身の黒髪をかき回しながら、熱っぽい目で夏帆を見下ろした。

「僕が知りたいのは君だけだ。そして君にも僕のすべてを知ってほしい」

「っ……」

「そのほかの人間は、どうでもいい……本当に、どうでもいいんだ」

彼はもう紳士の目をしていなかった。

その目に見つめられた夏帆はなにも言えないまま、彼に食べられるしかなかった。

——それから夏帆は、白臣に頭のてっぺんからつま先まで丹念《たんねん》に彼のモノになった。

文字通り、彼の唇が触れていない場所はないくらい丁寧に。

長い時間をかけて蕩《とろ》けるように愛されて、ひとつになった後は、やっと終わったのかと安心したが、白臣はその手を緩めなかった。

初めてのはずなのに何度も意識を失って、そのたびに白臣に突き上げられて目を覚ます。

「あ、まってぇ……」

かすれた声で白臣の裸の胸を押し返そうと腕を伸ばすが、すると手首はあっけなくつかまれてシーツの上に縫い留められる。

「だから、待たないって、言って、るだろ」

白臣はタフで、いつまでも萎《な》えることがなかった。絶え間なく押し寄せてくる快感の波に、いやいやと首を振っても決して白臣は手を緩めてくれなかった。

「僕が君をどれだけ大事にしても、『そんなはずない』と思っていた……違う？」

「それは……」

「僕はいつまでも君を待つつもりだった。本気で好きになってくれるまで……僕が君を思う以上とは言わなくても、せめて僕の半分……いや、三分の一でも……思ってくれたら……って」

夏帆を抱きすくめた白臣は、熱っぽい声で祈りを捧げるように声を振り絞る。

「ようやく君は、僕を欲しいって言ってくれた。だったらもう僕は遠慮しない……」

「あきおみ、さん……」

「愛してるよ、夏帆」

白臣はそう言って夏帆の唇をふさぐ。体の奥で白臣の熱が弾ける。深いところで結びついてドロドロに溶け合って、白臣と自分の区別がつかなくなりそうだった。


目を覚ますと、白臣の腕の中だった。

（白臣さんと、いたしてしまった……）

間違いなく自分が体験したことなのに、夢を見ているようでいまいち現実味がない。

「――水、飲む？」

白臣は眠っていなかったらしい。夏帆が目を覚ますと同時にはっきりした声で問いかける。

「あ、はい……」

うなずくと白臣は上半身を起こし、サイドテーブルの上のペットボトルを手に取って、夏帆の背中を支えながら口元へと運んだ。

「飲める？　口移しで飲ませてあげようか」

甘やかにささやかれて夏帆はぶんぶんと首を振る。

「自分で飲めますっ」

慌ててペットボトルを手に取り、中身を一気にあおる。冷蔵庫から出してそれほど時間が経っていないようで、胃に落ちるひんやりとした水分がたまらなくおいしい。

ようやく人心地ついた夏帆は、改めて白臣と向き合った。

「ちょっと、勢いに流されてしまった感じがありますけど……」

「ごめんね。我慢の限界だったから」

白臣はクスッと笑って夏帆の肩を抱き、上半身を抱き寄せる。

「もう、正直に全部話すよ。聞いてくれる？」

「——はい」

夏帆はしっかりとうなずいた。

「まず七年前のことだけど、春海との結婚がだめになった時、僕はホッとしていたんだ」

「え……？」

「春海が僕のことをなんとも思っていないのは知っていたし、僕もそうだ。そもそも自分の意志で結婚相手は選ばないし、選びたいとも思ってなかった。自分がどうしたいかなんて考えたことなかった。こうなりたいとも思ったことがなかったんだ。本当にどうでもよかった」

白臣は自嘲するように笑い、長いまつ毛を伏せる。

「だから春海が結婚式から逃げた時、驚いた。自分と同類だと思っていたのに、彼女には自分の意志があるんだってびっくりした。すべてを投げ出していいほど好きな男がいて、他人に憎まれてもいいと思えるなんて、すごいと思ったよ。正直羨ましいとすら感じたんだ。面白いとも思った。それから数年、君の家は本当に大変だったのに……申し訳ないんだけど」

どうやら白臣は西條家に罪悪感を抱いていたらしい。

その顔を見て、夏帆は慌てて口を開く。

「違います。白臣さんは、優しい人です。冷たい人なんかじゃない」

「え？」

白臣は驚いたように目を見開く。

「自分がないって言いますけど、他人の望む自分でいようって、ずっと今まで頑張ってきただけじゃないですか！　そんなこと、普通はできないと思いますっ」

なまじっか人より優れているものだから、自分に向けられる期待を裏切らないように生きてきて、結果、自分を見失いかけてしまった。

他人の望みばかり叶えていたから、本当はなにが欲しいのか、なにを望んでいるのかわからないまま大人になってしまった。

受け取るべきものも、受け取れないまま——。

「白臣さん、人に与えてばかりだから……」

そんな白臣が悪いなんて、夏帆はどうしても思えない。

「夏帆……」

白臣は驚いて目を見開き、それから少し困ったように夏帆を見つめる。

「君は僕を過大評価しすぎてるね」

「そんなことないと思います」

そこは譲れないので言い返す。

唇を尖らせる夏帆を見て、白臣はどこか照れたように夏帆の肩に頭をすり寄せた。

「まぁ、そんなこんなで僕はまたひとりになったんだけど、特にその後も僕は変わらなかった。相変わらず他人に興味はないし、誰も特別だと思わなかった。なにかしたいと思っていた時に、君が進路で悩んでいることを知って、あしながおじさんになろうと思ったんだ。君のことはずっと見張ってたから」

(見張ってた⁉　見守るじゃなくて⁉)

なんだか物騒な単語に夏帆は目を点にする。

「君のことはずっと妹のように思っていたよ。君は幼かったし、性的な目で見たことはない。ただ、進路に迷っていた君が東京から離れるかもしれないと思うと、寂しくなった。かわいいチビちゃんに、目の届く範囲にいてほしいって思った」

白臣はそう言って夏帆の髪を優しく指で梳く。

「そこで急いで基金を立ち上げて、君に繋げたんだ。これは我ながらちゃんとした支援になったって、少し嬉しかったな。今じゃ君以外にも十人くらいの優秀な学生を支援できるようになってる」

そして白臣は言葉を続ける。

「大学四年間も、君は欠かさず僕に手紙をくれたね。もしかしたらチビちゃんの人生を応援することで、僕もまともな人生を送っていると思いたかっただけなのかもしれないけど……僕は人生で初めて意味がある、いいことをしているんだって安心できた。希望通りの就職まで決めて、誇らしくもあった」

そこでいったん言葉を結んだ白臣は、どこか寂しげな表情になった。

「だけど僕は急に気が付いたんだ。結局奨学金が終わったら君も僕を置いていくんだって。いずれ好きな男と幸せな家庭を作って、僕のことなんか二度と思い出してくれなくなるんだろうと思ったら、無性に腹が立って……モヤモヤして。もう、悔しいから自分のものにしてしまおうと決意した」

「物騒すぎませんか……?」

思わずドン引きしつつ、声に出していた。

すると白臣はクスッと笑って、夏帆の額に軽く唇を寄せる。

「誰にも取られたくないという独占欲だけで、君に求婚した。君は再会した僕を相変わらずいいお兄さんだとしか思ってなかったし、正しくないのはわかっていた。でも七年ぶりに、目の前で動いてしゃべって、恥ずかしそうに僕を見る君を見ていたら、やっぱりかわいいなって思ったし、手放したくないと思った。君にたくさん嘘をついている自覚はあったけど、このまま騙し通せばいいと思ったんだ。かわいい君が愛してくれるような、自慢の完璧な夫として生きてみたかった」

カフェで会話をした時、彼はそんなことを考えていたらしい。

なにもかもが自分にとって寝耳に水で、ぽかんと口が開いてしまう。

そんな夏帆を見て、白臣は切れ長の黒い目をひそめる。

「本当の僕はそういう人間だ。きれいな君を誰かに取られるくらいなら、どんな理屈でもひねり出して、騙してでも結婚したかったし、死ぬまで騙し通して大事にしたかった。こんな僕でも誰かを大事にできるんだって、自分自身に証明してみたかった」

白臣の声が少しだけ低くなり、どこか自嘲するような雰囲気を醸し出した。

赤裸々な告白をして、白臣は後悔しているのかもしれない。

「——あの」

「ん？」

「私をかわいそうに思って、両親のための援助とかそういうことをしてくれてたんじゃないんですよね？」

おそるおそる問いかけた夏帆に、白臣はゆるやかに首を振る。

「違うな。僕は僕のわがままを通しただけだ。したいからそうした。君の気持ちを無視してでも、うんと甘やかして、僕なしじゃ生きられないようにしようと思っただけだよ。僕をいい人だと思ってくれている、かわいいチビちゃんを失いたくなかっただけ。君に愛されてみたかっただけだよ」

「ひえ……」

白臣の口から次々飛び出してくるまごうことなき本音に、言葉を失うしかない。

目を白黒させる夏帆を見て、そこでようやく白臣はふっと笑った。

少しの後悔と、それから肩の荷をようやく下ろせたような、そんな表情だ。

「これが僕の本音だ。君に隠しておきたかった、僕の利己的で自分勝手な醜い部分だ。僕の思いは、物語になるようなきれいな愛でも恋でもないよ。……嫌いになった？」

そう尋ねる白臣の目は熱に潤み、切なく輝いていた。

「あ、あの……」

夏帆はなにをどう言ったら彼を安心させることができるのか、考えながらバラバラになっている思考をかき集める。

白臣が普段よりずっと饒舌《じょうぜつ》なのは不安だからだ。

己の心をさらけ出すことは勇気がいる。気持ちを正直に伝えて嫌われたら？　夏帆だって怖い。

だが彼はようやく夏帆に心を開いてくれた。それを夏帆が望んだからだ。

「白臣さん、他人の期待に応えることばかりで、自分がどうしたいかなんて、全然考える暇がなくて……今までずっと寂しかったですよね」

「――」

「でも、大丈夫です。いい子の白臣さんじゃなくても、ずっと一緒にいます」

そう――。複雑怪奇な槇白臣という男の感情を、理解できているかどうかはわからない。だが幼い頃、夏帆は誓ったはずだ。

『ずっと一緒にいようね。家族になったら、一緒にいたら寂しくないからね』と。

夏帆は腕を伸ばして白臣の頭を抱き、前髪にキスを落とす。

「私もかなり未熟なので。これから長い時間をかけて、白臣さんに思い知らせてあげるしかないんですが……」

「夏帆……」

白臣はぎゅうっとしがみつくように夏帆の体を抱きしめる。

（きれいな愛じゃなくてもいい。それでも私はこの人が好きだわ）

お互いの熱を分け合うように、強く。

そうやってしばらく無言で抱き合っていたのだが、白臣はふと、思い出したように
ベッドから床に手を伸ばし、ビジネスバッグから真珠色の箱を取り出した。

「これが、春海に頼んでいた結婚式のティアラと指輪だよ」

箱を開けると、中には美しい蔦の形をしたティアラと揃いの指輪がふたつ、収まっている。

「ほんとに……？」

鼻の奥がつんと痛くなって、声が震える。

「明日にでも君のアパートに押しかけようと思っていた。その……僕の言葉はもう信じてもらえないかもしれないから……形に見えるもので示そうと思って」

白臣は言いにくそうにそう言って、ティアラを手に取り、夏帆の頭の上にのせる。

「ほら。お姫さまになりたいって、言ってただろ？」

「っ……」

少し照れくさそうな白臣の言葉に、鼻の奥がツンと痛くなった。

かつて槙家のクリスマスツリーの下で、夏帆は白臣にそう言った覚えがある。

大きくなったらお姫さまになりたいんだと。
他愛もない子供の言葉だ。自分しか覚えていないと思っていた。
そうじゃなかった。
白臣はそんな些細な言葉すら、覚えて大事にしてくれていたのだ。
(やっぱり白臣さんは冷たい人なんかじゃない!)
夏帆の頬から涙が伝う。流す涙は熱く、頬が焼けそうになった。
白臣はその涙をそうっと指ですくう。
「夏帆。僕は君と――」
ふたりの視線が重なる。密に、甘く。絡み合う。
「「家族になりたい」」
ふたりの声が、ぴったりと重なった。
意図したわけではない。本当になにもかもがぴったりだった。
夏帆も同じ気持ちだ。家族になりたい。それ以外に言葉は見つからなかった。
ハッと夏帆が目を見開くと、白臣が柔らかく微笑む。
そう、彼は優しい。いつだって夏帆に勝ちを譲ってくれる。
夏帆はゆっくりと口を開いた。

「ハッピーアイスクリーム」

「このキスが終わったら、ふたりでアイスクリームを買いに行こう」

白臣が、夏帆の指に指輪を嵌めながら頬を傾ける。

そのキスは夏帆が今まで食べてきたどんなアイスクリームよりも、蕩けるほど甘い味がして。

（アイス、食べられなくてもいいかも……）

そんな思いで、目を閉じたのだった。

番外編

そしてこれからもふたりで

結婚式は予定通り、初秋に都内の閑静な住宅街の奥にある小さな教会で執り行った。

式を終えた後は、ホテルで双方の両親を含めて食事をし、そのまま解散となった。

白臣が手配したスイートルームに戻った夏帆は、この日のために白臣が用意してくれたシックなツーピースのまま、ゴブラン織りのソファーに前のめりに倒れ込む。

「はぁ～……疲れた……！」

大きく深呼吸していると、

「お疲れさま」

背後から白臣がやってきて隣に腰を下ろし、倒れ込んだ夏帆の頭を背後から撫でる。

こちらを労わってくれる手つきは、どこか子犬でも撫でるかのような優しさがあって、それだけで夏帆はほっこりした気持ちになる。

「あっ、すみません、ダラダラしちゃって」

夏帆が慌てて上半身を起こすと、白臣は切れ長の目を細めて指先で夏帆の頬を撫でる。

「別に謝ることはない。君、食事会でもあまり食が進んでなかっただろ？　疲れて当然だよ」

　そして白臣は夏帆の上半身を抱き寄せ、首筋に顔をうずめた。

「僕もさすがにくたびれたし」

「ふふっ……」

　珍しい白臣の泣き言に夏帆は微笑みながら夫の背中を撫でる。

「でも、結婚式楽しかったですね。それで……お姉ちゃんの家族も呼んでくれて、ありがとうございます」

　そう、白臣は春海の家族を全員結婚式に招待してくれたのだ。

「旦那さんは遠慮してたけど……僕は全然気にしないのにな」

「いや、普通は気にしますよ」

　あっけらかんとした白臣の告白に、夏帆は苦笑する。

　八年前に白臣から花嫁を奪い取った春海の夫は、恐縮して参列しなかったが、春海とその子供たちは夏帆の結婚式に喜んで参列していた。自分が姉の立場ならとてもそんな気にはなれないが、春海の肝の太さは若干見習いたいくらいである。

「まぁ、家族だけの式だし。うちの両親もおっとりしてるしね。誰ももう気にしていないんだから、君のご両親のためにもいい思い出にしたかったんだ」

確かに両親からしたら結婚式は散々な思い出しかない。今日、両親は本当に嬉しそうだった。特に母は孫たちにも会えて飛び上がらんばかりに喜んでいたし、年末年始はなんと夫婦そろって、アメリカの春海夫婦の家で過ごすことになったとか。

「白臣さん……なにからなにまで、本当にありがとうございます。白臣さんのおかげで、うちの家族はまたやり直せます」

もし彼が夏帆に求婚してくれなかったら――。

自分の性格を振り返ると、夏帆はいまだに姉を許せなかっただろうし、姉を許した両親とも距離を置こうとしていたかもしれない。なにもかも白臣のおかげだ。

なんだか胸が苦しくて、じんわりと涙が浮かぶ。

「夏帆」

白臣はスーツのポケットからハンカチを取り出すと、夏帆の目元をそっと押さえてくれた。

「今日はハンカチ使ってくれてるんですね」

白臣が持っていたのは夏帆がイニシャルを刺繍したハンカチだ。二度目の再会でやり直すことが決まった時に、半年遅れのクリスマスプレゼントとして渡したのだ。

夏帆が少し照れたようにつぶやくと、

「これは宝物だから、いざという時に使うようにしてるんだ。これから先、君の涙をぬぐうのは隣にいる僕だけだって、忘れないでね」

白臣はそう言ってこつん、と額を合わせる。

白臣と再会したこの一年の間に、いろんなことがあった。

自分は誰も信用できず、一生ひとりで生きていくんだろうと思っていたのに。

笑って、泣いて、落ち込んで、また笑って。たくさんの心を知った。

なにもかも全部白臣が夏帆にくれた感情だ。

「そういえば、うちの両親が和装も見たいって言ってたけど、写真だけでも撮る？」

「はい。私もご両親に喜んでもらいたいですし、写真くらいなら」

夏帆はうなずきつつも、少し改まって夫の顔を見上げる。

「白臣さん」

「ん？」

こちらを見つめる白臣の顔は蕩けるくらい甘い。彼は今から夏帆の告白を聞いて、どんな顔をするだろう。ドキドキしながら口を開く。

「私、先週、病院に行ったんです」

病院と口にした瞬間、サーッと白臣の顔から血の気が引いた。

「びょっ、どっ⁉」

病院に行くなんてどこが悪いのかと言いたいのは雰囲気で伝わってくる。

夏帆はふふっと笑いながら、愛する夫の耳に顔を近づけた。

「まだ誰にも言ってないんですが、私たちに家族が増えるんですよ」

「……え」

彼は何度か唇を開いたり、引き結んだりしながら夏帆を見つめた。

その問いかける眼差しに、夏帆もうなずく。

「そ、そうか……」

その瞬間、いつもクールで落ち着いている夫の顔が、じわーっと赤く染まっていく。

「僕が父親になる……ってこと、だよね」

不安と期待が入り混じった白臣の端整な顔は、それは本当に果実が色づくような美しさで。夏帆はちょっと照れつつ白臣の背中に腕を回した。

「今のところ、仕事は辞めるつもりはないんですけど、いいですか……？」

「もちろん。君が安心して毎日を送れるよう、全力で君を支えるよ」

そして白臣はうっすらと目に涙を浮かべて、宝物のように夏帆の背中を撫で、抱きしめる。強く。優しく。

「ありがとう。僕は今、世界一幸せな男だ」

かつて夏帆への執着を白臣は『きれいな愛じゃない』と言ったが、夏帆にとってそれは些細なことだった。

物語のような恋じゃなくてもいい。きれいじゃなくてもいい。

結婚はゴールではなく、ただのスタートでしかない。

これからもきっと夏帆は白臣とたくさんの心の色を知るだろう。

END

あとがき

お久しぶりです、こんにちは。あさぎ千夜春です。

「君は僕なしでは生きられない」をお手に取ってくださって、ありがとうございました。お久しぶりのベリーズ文庫で緊張しております。

今回のヒーローはシロちゃんこと槇白臣です。

前作の始ちゃん然り、これまで既刊で何度か彼の出番がありましたが、いかんせんヒーローとして出すには面倒くさすぎる男だなと思っていたので、最後になってしまいました。

読んでもらえる機会が出来て本当によかったです。

ツンデレだけどわかりやすい弟のナオと違って、シロちゃんは本当にアレなので、普通の女性なら扱い切れないんじゃないでしょうか。

目の前で花嫁に逃げられても一ミリも傷つかないって、どんなメンタルしてるんだっていう。白臣くらい他人の評価と自己評価がまったく別物だったら、生きやすいだろうなぁ。

幼稚園児の頃から白臣を好きだった夏帆くらいしか付き合えないですよね。

でも今回のお話、書いていて本当に楽しかったです。

面倒な男だーいすき！

（切実に同士求む）

最後に。

イラストレーターの小禄先生。最高に素晴らしい白臣と夏帆をありがとうございました。長年憧れていたので、カバーを描いていただける機会に恵まれて本当に嬉しかったです。

そしてこの本に関わってくださった皆様に、感謝申し上げます。

あさぎ千夜春《ちよはる》

あさぎ千夜春先生への
ファンレターのあて先

〒104-0031
東京都中央区京橋1-3-1
八重洲口大栄ビル7F
スターツ出版株式会社　書籍編集部　気付

あさぎ千夜春先生

本書へのご意見をお聞かせください

お買い上げいただき、ありがとうございます。
今後の編集の参考にさせていただきますので、
アンケートにお答えいただければ幸いです。

下記URLまたはQRコードから
アンケートページへお入りください。
https://www.berrys-cafe.jp/static/etc/bb

君は僕なしでは生きられない
～エリート御曹司は薄幸令嬢を逃がさない～

2023年2月10日　初版第1刷発行

著　　者　あさぎ千夜春

発 行 人　菊地修一
デザイン　hive & co.,ltd.
校　　正　株式会社文字工房燦光
編集協力　妹尾香雪
編　　集　福島史子、須藤典子
発 行 所　スターツ出版株式会社
〒104-0031
東京都中央区京橋1-3-1　八重洲口大栄ビル7F
TEL　出版マーケティンググループ　03-6202-0386
(ご注文等に関するお問い合わせ)
URL　https://starts-pub.jp/
印 刷 所　大日本印刷株式会社

Printed in Japan

乱丁・落丁などの不良品はお取替えいたします。
上記出版マーケティンググループまでお問い合わせください。
定価はカバーに記載されています。

ISBN 978-4-8137-1388-3　C0193

ベリーズ文庫 2023年2月発売

『君は僕なしでは生きられない～エリート御曹司は薄幸令嬢を逃がさない～』 あさぎ千夜春《ちよはる》・著

御曹司・白臣との結婚から姉が逃げたことをきっかけに、家が没落した元令嬢の夏帆。奨学金をもらいながら大学に通っていると、7年ぶりに白臣が現れ、なんと夏帆に結婚を申し出て…!? 戸惑いつつもとんとん拍子で結婚が決まり同居がスタート。大人な彼にたっぷり甘やかされ、ウブな夏帆は陥落寸前で…!?

ISBN 978-4-8137-1388-3／定価726円（本体660円＋税10%）

『クールな警視正は新妻を盲愛しすぎている』 水守恵蓮《みずもりえれん》・著

日本の警察界のトップを歴任してきた名門一族出身の瀬名奎吾と政略結婚した凛花。いざ迎えた初夜、ずっと好きだった相手に組み敷かれるも、ウブな凛花の態度に奎吾は拒否されていると思い込んでしまう。互いに強く想い合うあまりすれ違いが重なり――。そんな時、凛花が事件に巻き込まれて…!?

ISBN 978-4-8137-1389-0／定価737円（本体670円＋税10%）

『エリート航空自衛官の甘すぎる溺愛で囲い娶られました～敏腕パイロットの25年越しの一途愛～』 晴日青《はるひあお》・著

ウブなOLの実結は、兄から見目麗しく紳士的な男性を紹介される。航空自衛官だという彼とのデートにときめいていると、実は彼の正体は幼馴染で実結の初恋の相手・篠だった！ からかわれていたと思い怒る実結に「いい加減俺のものにしたい」――篠は瞳に熱情をにじませながら結婚を迫ってきて…!?

ISBN 978-4-8137-1390-6／定価726円（本体660円＋税10%）

『誰も愛さないと言った冷徹御曹司は、懐妊妻に溢れる独占愛を注ぐ』 美希《みき》みなみ・著

祖父から嫁ぐよう強制された天音は、大企業の御曹司で弁護士としても活躍する悠希と離婚前提の政略結婚をすることに。「人を愛さない」と冷たく言い放つ彼だったが、一緒に暮らし始めると少しずつ距離が縮まっていき…。言葉とは裏腹に悠希に甘く翻弄されていく天音。やがて、赤ちゃんを身ごもって!?

ISBN 978-4-8137-1391-3／定価726円（本体660円＋税10%）

『激情を秘めたエリート外交官は、最愛妻を啼かせたい～契約結婚のはずが溺愛で満たされました～』 きたみまゆ・著

恋人に裏切られ仕事も失った日菜子。失意の中雨に打たれていると、兄の友人である外交官・亮一と偶然再会し契約結婚を持ち掛けられる。利害が一致し、期間限定の夫婦生活がスタート。2年後には離婚するはずだったのに、ある夜、情欲を滾らせた亮一に激しく抱かれた日菜子は、彼の子を妊娠してしまい…。

ISBN 978-4-8137-1392-0／定価726円（本体660円＋税10%）

ベリーズ文庫　2023年2月発売

『モフぴよ精霊と領地でのんびり暮らすので、嫌われ公爵令嬢は冷徹王太子と婚約破棄したい』　吉澤《よしざわ》紗《さ》矢《や》・著

ある日庶民だった前世の記憶を思い出した公爵令嬢のベアトリス。自分を嫌っている王太子・ユリアンの婚約者の座はさっさと降りて、小鳥精霊と一緒に領地で自由に暮らすことを決意！　なのに、なぜかどんどん甘く囲われちゃって「俺のそばにいろ」と溺愛開始!?　どうやっても婚約破棄してくれません（涙）

ISBN 978-4-8137-1393-7／定価737円（本体670円＋税10%）

ベリーズ文庫 2023年3月発売予定

Now Printing

『熱愛婚―天敵御曹司に甘く愛されました』 滝井《たきい》みらん・著

社長令嬢の優里香は継母と義妹から虐げられる日々を送っていた。ある日、政略結婚させられそうになるも相手が失踪。その責任を押し付けられ勘当されるも、偶然再会した幼馴染の御曹司・尊に再会し、一夜を共にしてしまい…!? 身も心も彼に奪われ、気づけば溺愛される毎日で――。

ISBN 978-4-8137-1402-6／予価660円（本体600円+税10%）

Now Printing

『結婚行進曲 ～俺様御曹司と理想の結婚～』 高田《たかだ》ちさき・著

浮気されて別れた元彼の結婚式に出て、最悪の気分になっていた未央奈。そんな時見るからにハイスペックな大輝に出会い、慰めてくれた彼と甘く激しい夜を過ごす。一夜限りの思い出にしようと思っていたのに、新しい職場にいたのは実は御曹司だった大輝で…!? 俺様御曹司に溺愛される極上オフィスラブ！

ISBN 978-4-8137-1403-3／予価660円（本体600円+税10%）

Now Printing

『一生かけて、君の心を取り戻す～エリート外科医は双子とママを溢れる愛情で包み込む～』 皐月《さつき》なおみ・著

ある事情から秘密で双子を出産し、ひとりで育てている葵。ある日息子が怪我をして病院に駆け込むと、双子の父親で脳外科医の晃介の姿が！ 彼の子であることを必死に隠そうとしたけれど――「君が愛おしくてたまらない」再会した晃介は葵と双子に惜しみない愛を注ぎ始め、葵の身も心も溶かしていき…!?

ISBN 978-4-8137-1404-0／予価660円（本体600円+税10%）

Now Printing

『プロポーズも二度目なら～極甘パイロットは離婚予定の妻を手放せない～』 一ノ瀬《いちのせ》千景《ちかげ》・著

大手航空会社・JG航空の社長に就任予定の叔父を支えるため、新米CAの美紅は御曹司でエリートパイロットの桔平と1年前に政略結婚した。叔父の地盤も固まり円満離婚するはずが、桔平はなぜか離婚を拒否！ 「俺は君を愛している」――彼はクールな態度を急変させ、予想外の溺愛で美紅を包み込んで…!?

ISBN 978-4-8137-1405-7／予価660円（本体600円+税10%）

Now Printing

『職業ヒーローアンソロジー』

ベリーズカフェの短編小説コンテスト発の〈職業ヒーローとの恋愛〉をテーマにした溺愛アンソロジー！4名の受賞者（稗島ゆう子、笠井未久、蓮美ちま、夏目若葉）が繰り広げる、マンガ家・警察官・スタントマン・海上保安官といった個性豊かな職業男子ならではのストーリーが楽しめる4作品を収録。

ISBN 978-4-8137-1406-4／予価660円（本体600円+税10%）

タイトル、価格等は変更になることがございますのでご了承ください。